愛囚

～公爵の傷、花嫁の嘘～

矢城米花

Vanilla文庫

愛囚
公爵の傷、花嫁の嘘

目次

イラスト／KRN

プロローグ

「なぜ決闘なんかなさったんですか!?　軽い怪我《けが》で済んだとはいえ……私、私っ……!!」

「悪かった。心配をかけた」

半泣きで詰め寄ったリゼルに、左腕を三角巾で吊ったヴァルター・エーレンバウムが、困った顔で詫びてくる。それでもリゼルの気持ちは波立ったままだ。結婚式まであと半月、衣装や嫁入り支度に心を弾ませていた時に、婚約者の負傷という知らせを受けて、平静でいられるわけはなかった。

広々としたエーレンバウム伯爵家の庭は、手入れが行き届き、色とりどりの花が咲き誇っている。オリーブの並木が銀緑の葉を風にそよがせる風情《ふぜい》が、目にも耳にも心地よく、きらきら光る木漏れ日が綺麗だ。

ヴァルターの怪我さえなければ、デートの気分を味わえたかも知れない。

親同士の決めた縁組だったが、リゼルは昨年の舞踏会で初めて会った時から、ヴァルターに憧れていた。

すらりとした長身も、くせのない黒髪も素敵だと思った。従姉《いとこ》は『美形なのは確かよ。

でもちょっと神経質そうじゃない？』と囁いてきたけれど、気にならなかった。

容姿にも声にも惹かれた。音楽的な響きのあるバリトンを聞くと、たとえ自分に向けたものでなくても胸が震えた。あとで従姉に、『あの時のリゼル、その大きな眼に星が幾つもキラキラしてたわよ』とからかわれたほどだ。——要するに、一目惚れだったのだ。

ヴァルターとの縁組が決まったと親に知らされた時は、自分の幸運が怖くなり、その次はめくるめく幸福感に酔い、あとはひたすら結婚式を愉しみに、準備にいそしんでいた。

それなのに今朝突然、許婚《いいなずけ》がどこかの貴族と決闘して、怪我をしたという知らせが飛びこんできた。

エーレンバウム伯爵家は代々、紋章の研究家を輩出している文官の家系で、王宮の紋章官に任命される者も多い。ヴァルターもその血筋にふさわしく、知的で物静かな青年だ。式典以外ではめったに剣を帯びることがない。それなのにヴァルターの方から、決闘を申し込んだという。

幸いに傷は軽く、皮膚を浅く裂いただけらしい。だが一つ間違えば大怪我をしたか、命を落としたかも知れない。想像しただけで、涙がにじんで目の前がぼやける。

「なぜそんな、危険な真似……」

ベンチの前に突っ立って、涙目で怒るリゼルを眺め、ヴァルターが困った顔になる。

「心配をかけて悪かった。まだ十六の君には、刺激の強い話だったな。泣かないでくれ」

「泣いてませんっ」

子供扱いされるのがいやで、反射的に首を横に振った。けれどその拍子に、涙が頬へこぼれ落ちたので、言い直した。

「泣きたく、ないけど……勝手に涙が出るんです。また同じことがあったら私、きっと大声で泣きます」

「すまなかった。……座って聞いてくれないか。大事な話がある」

ヴァルターに隣を示され、リゼルは腰を下ろした。初夏の風が心地よいけれど、視線はついついヴァルターの腕を吊った白い三角巾に向く。

（なぜ決闘なんかなさったのかしら。ヴァルター様が剣を持つなんて、意外すぎるわ）

その視線に気づいたのか、ヴァルターはちょっと困ったように眉根を寄せ、話し始めた。

「君に気をつけてほしいことがある。決闘の相手はハンゼル伯爵だ。僕が勝ったために、遺恨を残したかも知れない。伯爵やその取り巻きに近づかないよう、用心してくれ。彼らが君に報復したら困る」

リゼルは首をかしげた。決闘は本来、勝っても負けても恨みっこなしというルールだ。無論、きっぱりと割り切れる者ばかりではないだろうけれど、ハンゼル伯爵は、遊び慣れた伊達男《だておとこ》として名が通っている。そんな洒落者《しゃれもの》が遺恨を晴らす相手として、自分は遠すぎるのではないだろうか。結婚しているならともかく、まだ許婚でしかないのだ。

それを言うと、ヴァルターはますます困った顔になった。

「普通ならそうだが、万一ということがある。きっかけは君だし」

「私がきっかけ？　どういうことですか？」

　ヴァルターは口をすべらせたらしい。ハッとした表情になった。

「教えてください、私が何かいけないことをしたんですか？　ハンゼル伯爵は社交界では有名な方ですから、お名前ぐらいは存じています。でも会ったこともないのに、私がなぜ決闘の原因になるのかわかりません」

「いや、もう終わったことだから……」

「わけがわからないままなのはいやです。二度とヴァルター様に、私のせいで怪我なんかしてほしくないんです。詳しい事情を教えてください、お願い」

　聞くまでは引き下がらないぞという気迫を込めて見つめ、言いつのった。ヴァルターが仕方なさそうに溜息をつく。

「君は、自分が世間からどんな評価を受けているか、わかっているか？」

「私の評価？　別に、普通の……いえ、どっちかっていうと田舎者《いなかもの》で、えっと、ピアノより歌が好きですけど、でも飛び抜けて上手なわけでもなくて、ありきたりな……」

「そういうことじゃないんだ」

　ヴァルターの青灰色の瞳に、優しい光が宿る。

「君の母君は、昔から美女として名高かったそうじゃないか。そして君は、その若い頃に生き写しだと聞く」

　それは事実だ。

母のザビーネは若い頃、真珠か白百合かと謳《うた》われたほどの美女だった。喉が弱くて都会の埃っぽさに耐えられないという問題がなければ、首都へ出て王宮に仕えて、大貴族に見初められていたかも知れない。マルティン男爵家に嫁いで一男一女をもうけ、三十才を越えた今でも、知らない人からは二十そこそこに見られることが多い。

そして自分は、目鼻立ちだけは母にそっくりだ。

「君が社交界にデビューする前から、青年貴族の間では噂の的だったらしい」

「まさかそんな……聞いたこともありません」

「それは君が、雑音の少ない穏やかな暮らしをしているからだ」

ぼかした言い方をしてくれたのはヴァルターの気遣いだろう。実質は、マルティン男爵家の領地が田舎で、しかも金銭的な余裕がないために、あまり派手な社交界のつきあいができないだけなのが、リゼルにはよくわかっている。

「ところが国王陛下のご方針で、君はすぐに僕との婚約が決まった。その後、君は身を慎んで、ほとんど舞踏会や狩りに出なくなったね」

「いえっ！　そんな、身を慎んだというより、私、あの……ドレスや乗馬服を、あまり持っていないんです。いつも同じドレスしか着ていないと思われるのが恥ずかしくて、それで……ごめんなさい！」

いい方向に誤解されたのが申し訳なくて、リゼルは顔から火が出る思いで白状した。ヴァルターが啞然《あぜん》とした様子で目をみはる。そのあと、横を向いて小さく噴き出した。彼がこんなふうに笑うのを見たのは初めてで、リゼルは驚いた。

「笑ってしまってすまない。とても正直だな、リゼルは。……とにかく、君が社交界に出なくなったので、不満を持つ者がいたわけだ」

美女と名高いザビーネ・マルティン男爵夫人の子供はどんな娘かと楽しみにして、あわよくば恋愛遊戯をしたいと目論《もくろ》んでいた者達は、当てが外れた。その失望感が、おかしな方向へ歪んだらしい。

一昨日《おととい》、ヴァルターとたまたま出会ったハンゼル伯爵とその取り巻き達は、二人の婚約についてねちねちと絡み始めた。

『近隣の領主間で縁をつなげという国王陛下のご方針があるとはいえ、君はよく承知したなあ。男爵家と伯爵家という家格の違いに加え、マルティン男爵家は決して裕福ではないらしいのに』

『マルティン家の令嬢はそんなに美しいか？　美貌の前には、家柄の違いにも目をつぶる気になったのか。それともリゼル嬢は、年に似合わない手練手管《てれんてくだ》の持ち主なのかな？　下級貴族の娘には、下町の淫売顔負けの誘い方をしてくる者がいるからな』

『貧乏男爵家の娘が伯爵夫人になる、滅多にない機会だ。必死にもなるだろうさ』

『糞真面目《くそまじめ》……いや、生真面目なヴァルターでは、一溜まりもなく引っかかるだろう』

勝手放題なことを言い、彼らは大笑いした。

その中心にいたハンゼル伯の顔に、ヴァルターは杯の酒をぶちまけた。そのうえで決闘を申し込んだのだという。自分への悪口雑言だけならともかく、リゼルを侮辱したことが許せなかった。

「……私のせいで？　私のせいで、決闘なんて危険なことを？」

驚きのあまり二度繰り返したリゼルを見やり、ヴァルターが困り顔で頰を掻く。

「気にするだろうと思ったから、言いたくなかったんだ。君は何も悪くない。……とにかく、ハンゼル伯爵とその取り巻き達は多分、リゼルに興味を持っていた。それなのに手に入らなかったのが不満なんだ。根も葉もない悪口を言って君を貶《おとし》めることで、憂《う》さ晴《ば》らししようとしたんだろう。彼らには近づかないようにしてほしい。大事な君に何かあったら、僕はどうしていいかわからない」

大事な、という言葉に心臓が跳ねた。

「わ、私を？　大事だって思ってくださるんですか？」

「当たり前だろう。そうじゃないとでも思っていたのか？」

「だって私、ずっと心配で……私、まだまだ大人のレディとはいえないし、家柄だって教養だって、私よりもっと優れた貴婦人がいっぱいいるでしょう？　ヴァルター様なら、私よりもっとふさわしい方がいるはずです。こんな縁組、本当はいやなんじゃないかって、考えてしまって……」

不安だった。人は自分の容姿を美しい、愛らしいと褒めてくれるけれど、それは美貌の誉れ高い母から受け継いだもので、自分が努力して手に入れたものではない。刺繡も音楽もダンスも詩も、貴族の子女の嗜《たしな》みといえるものは皆がんばったけれど、飛び抜けて優れた技量にはなれなかった。自分がヴァルターに釣り合うとは思えない。

「それに家柄や財産の釣り合いも取れていないし……」

うなだれたリゼルを見て、ヴァルターが困ったように横を向いた。

「そんな誤解をさせていたのか」

「誤解？」

ヴァルターが、改まった表情でリゼルに向き直る。

「この婚約のきっかけは国王陛下のご方針だったけれど、どうしてもということではなかった。父が持ち出した許婚候補は、他にも二人いたんだ」

「えっ」

「だが心が動いたのは君だけだ。君以外を妻にしたいとは思わなかった。それで父上に、マルティン男爵家に申し込んでくれるように頼んだんだ。……初めて会った舞踏会の時から、惹かれていた」

予想もしなかった言葉に胸が高鳴る。嬉しい。自分が一方的にヴァルターに恋しただけだと思っていたが、そうではなかったらしい。

しかし、なぜだろう。自分のどこにヴァルターを惹きつける要素があるのか。

「ほんとに、私でいいんですか？　顔だけは幸い母に似ましたけれど、両親や乳母にはいつも『その性格が、貴婦人らしくない』って叱られています」

誰に似たのか、自分の性格はきつすぎるようだ。一度決めたら梃子《てこ》でも引かない強情さと、納得するまで疑問点を追及する融通の利かなさが特に問題だ。

口やかましい乳母は常々自分に、『もっとしとやかに振る舞え』、『いちいち問い返すのは生意気に見える』、『黙って微笑《ほほえ》んで人の話に相槌を打つのが淑女のあり方だ』と説教してくるのだが、なかなか実行できない。考える前に、口と体が動いてしまう。

「私は、母のような淑女じゃないんですもの。『母親はたおやかな白百合だが、娘は棘だらけの薊《あざみ》だ』と、みんなが言っているのを、ヴァルター様もお聞きになったことがあるでしょう？　ついさっきも、夢中でヴァルター様を問いつめてしまいました。……ごめんなさい」

反省して目を伏せたリゼルに、思いがけない言葉が降ってきた。

「僕は君を棘だらけの薊とは思わない。たとえ薊だとしても、僕は好きだ」

「……っ……」

驚いて目を上げると、ヴァルターが微笑んでいた。

「顔立ちは親から受け継いだものであっても、表情は違う。君自身が作り上げたものだ。そして表情を作るのは性格だ。リゼルは確かに、世間一般の淑女の基準には当てはまらないだろう。けれどそれは、心が純で素直だからだ。疑問点はそのままにしておけないし、悪いことは追及するし、自分が失敗した時は、素直にごめんなさいと謝るじゃないか。以前、古い値打ちものの壜を割った時、人に押されたせいだったのにそのことは言わず、自分の過失だと言って周囲に詫びていた。……本当にいい子だと思った」

リゼルの胸の鼓動が、一段と速くなった。頰がほてる。無口なヴァルターがこんなにあれこれ喋ってくれたのが嬉しいし、唇を固く結んだ普段の表情と違って、微笑した顔は限りない優しさに満ち、リゼルの胸を揺さぶる。

「だって、押されたにしても、実際に壜を割ったのは私ですもの」

「だとしても、なかなかできないことだ。さっきもそうだ。舞踏会に出ない理由を正直に言った。その、素直で嘘のない性格に、僕は惹かれたんだ」

「あ、ありがとうございます。嬉しいです。すごく嬉しい……」

これほどの賛辞があるだろうか。喜びのあまり体がふんわり軽くなって、空へ舞い上がりそうだ。リゼルは熱い頰を両手で押さえた。普段無口なヴァルターが、自分のために、言葉を尽くして説明してくれたことが嬉しい。本心から自分を好きだと教えてくれたことが、もっと嬉しい。二人の距離がぐっと縮まった気がする。

「そうか……すまない。わざわざ言わなくても、僕がリゼルをどう思っているかは通じているはずだと思って、言葉を費やさなかった。これではいけないな。君はまだ十六才で、伯爵夫人になるのだから」

ヴァルターの父はまだ存命だがすでに隠居しており、婚礼が終わり次第、巡礼の旅に出たいと望んでいた。三年前にヴァルターの母が病死して以来、すっかり気が弱ってしまったのだという。数ヶ月前に家督の引き継ぎを済ませ、ヴァルターは二十三才の若さですでに伯爵だ。当然結婚すればリゼルは伯爵夫人となり、一家の奥向きを取り仕切らねばならない。

責任の重い役目だ。

「僕は喋るのが苦手だから、これからも言葉足らずでリゼルを心配させることがあるかも知れない。だが、何があっても僕を信じてくれ。……君を愛している。幸せにしたいんだ」

「なります、絶対に幸せになります！　一緒にいられるだけで幸せです!!　私、ヴァルター様が大好き……あ」

夢中で口走ってから、はしたないと気づいて口を押さえた。きっと耳まで真っ赤になっているだろう。ヴァルターの口元にかすかな笑みが浮かんだ。

「君をよく知れば知るほど、愛おしくなる。……愛しているよ、リゼル」

青みがかった灰色の瞳に熱っぽい光をたたえて言ったあと、ヴァルターは右手でリゼルの顎をとらえた。視線が合わさる。顔が近づく。

（あ……これ、って……）

予感に体がわなないた。目を合わせているのが気恥ずかしくてたまらないけれど、顎をとらえられて、顔を背けることができない。

唇が重なった。

軽く触れ合わせ、一瞬離して、今度は強く押しつけてくる。

「んっ、ぅ……」

リゼルは喘《あえ》いだ。

初めての口づけだ。今までは手をつなぐだけの清らかな間柄だったけれど、自分の抱える不安を知って、気遣ってくれたのかも知れない。

ヴァルターの唇は自分より少し冷たくて、乾いている。そういえば、以前手をつないだ時、同じように感じた。手が冷たい人は心が温かいという言い伝えは正しいと、心の中でリゼルは思った。

(さっきだってあんなに丁寧に、私の不安を解いてくれたんだもの)

初めて会った時から憧れていた人が、自分を愛してくれていて、親同士のすすめで結婚できる――これほどの幸福が、この世にあるだろうか。

ヴァルターの唇が、自分の唇をついばむ。リゼルの体が震えた。

今まで自分が経験したキスは挨拶のためで、ほとんどは頰や額や手の甲に軽く唇を当てるだけだった。こんなふうに唇と唇を重ねただけでなく、感触を味わうように動かされたことなどなかった。さらに舌がリゼルの唇の隙間を探り、中へ侵入してくる。

唇は冷たいのに、ヴァルターの舌は熱かった。リゼルが歯を食いしばったまま固まっていると、急《せ》かすかのように、尖らせた舌先で歯の間を探られた。

口の中へ入ってこようとしている。

リゼルは体の力を抜いて、愛する許婚の舌を受け入れた。

すべり込んできた舌は、リゼルの舌を軽くつついたあと、頬の内側を舐め、口蓋《こうがい》を撫でた。くすぐったくてむずむずして——気持ちいい。

「んっ……ん、ぅ……」

鼻にかかった甘い声がこぼれた。自分の全身が、糖蜜漬けになったかのようだ。

（キスって、こんなふうにするものだったの……？）

心地よさと戸惑いで、意識がかすむ。気がつけば舌をからまされて、強く吸われていた。顎をとらえていた手が動いて、リゼルの髪を優しくくしけずる。体が熱っぽく痺れて、意識がほんのりと薄紅色に染まっていく。

知的で優しい普段のヴァルターからは想像もつかない、情熱的な口づけだった。自分のために命の危険も顧《かえり》みずに決闘してくれたし、ヴァルターのことを知的で物静かな性格と思っていたけれど、本当は心に熱くたぎるものを秘めているのかも知れない。

「……あっ、ん……」

唇が離れた。間に唾液が銀の糸を引いた。

どうしていいのかわからずに固まっているリゼルの唇を、ヴァルターが指先で撫でて、微笑する。

「ずっと目を開けていたのか？　キスの時は閉じるものだ」

「あっ！　ご、ごめんなさい！」

慌ててギュッと目をつぶった。ヴァルターが吹き出す。

「今頃閉じなくてもいい」

「あ……」

顔が燃え上がりそうに熱くなる。目を開けたらヴァルターの優しい笑みが見えた。キスの間中、まぶたを開けていたはずだが何も見た覚えがない。意識が飛んでいたのかも知れない。

「どうかもう、私の心を疑わないでくれ。愛しているよ、リゼル」

深みのある声で告げられて、胸がときめく。

普段の物静かなヴァルターも好きだけれど、情熱的な口づけで、一層思いが深まった。これから先も自分は、ヴァルターの今まで知らなかった面をたくさん知って、そのたびに好きになるのに違いない。自分は貞淑《ていしゅく》な妻になり、子供を産み、夫を支えて幸せな家庭を作るのだと、信じて疑わなかった。

「私も、好きです。……愛しています」

心からの思慕を込めて、ヴァルターの顔を見上げたら、もう一度キスをしてくれた。幸せだった。

――まさかこの数日後に、自分が『あなたとは結婚できない、他に好きな男がいる。その人と駆け落ちするから捜さないで』という書き置きを残して失踪することになろうとは、思いもしなかった。

1　蘇る過去の罪

「……リゼル様。リゼル様、もう着きますよ」

　隣にいる小間使いに声をかけられて、リゼルはまぶたを開けた。馬車の中で、いつのまにか眠っていたらしい。

（夢を見ていたのね。もう四年もたつのに……）

　あの時十六才だった自分は、もうすぐ二十になる。生活環境は激変した。

　マルティン男爵家令嬢からエーレンバウム伯爵夫人になるはずだった自分は今、絹織物商人、オーステンの屋敷で暮らしている。

　主《あるじ》の愛人――といっても屋敷には正妻がいないので、周囲の使用人からは、ほとんど奥方扱いだ。普段は病身の主の看病で屋敷にこもっているが、今日は『たまには外へ出てはどうか』と主に勧められ、街へ出てみた。とはいえ、訪ねるような知り合いはいないし、自分のためには特に買いたいものもない。新鮮な果物と、いい香りのする花でも買えればいいと思っていた。

　広場の近くで馬車を下り、リゼルは小間使いとともに広場へ向かった。近づくにつれ、人が増えてくる。

「……なんだか騒々しいですわね。普段はこんなじゃないんですけど」

「朝市だけじゃなくて、何か催しがあるのかしら」

やがて「万歳」とか「新しいご領主だ、カイン公爵様だ」とかいう声が聞き取れるようになった。

長年このビューネ州を治めていた老公爵は、一昨年《おととし》病死した。跡継ぎがいなかったため、今までは国王の直轄地とされていたが、二ヶ月前、遠征から戻った国王が、戦功を立てた側近に褒賞としてこの地を与えたという。その新領主が視察に回ってきたのだろう。

街の中央通りを抜けるのだとしたら、当然広場を突っ切ることになる。人々は領主を一目見ようとして、広場にとどまっているらしい。小間使いの声が物見高い期待にはずんだ。

「新しいご領主様ですって、リゼル様。街へ出たお土産《みやげ》に、どんな方かよく見ておいて、旦那様に教えて差し上げましょうよ」

「そう……そうね」

土産話という言葉に惹かれ、領主の姿を見ていくことに決めた。人垣に混じって、領主一行を待つ。

やがて蹄《ひずめ》の音が近づいてきた。人だかりを透かして、数騎の騎馬が見えた。

先頭には、特に立派な黒馬にまたがった男性がいる。あれがきっと新しい領主だろう。

沿道の人々が改めて歓呼の声を上げた。だが領主は声に応えるどころか、人垣に視線を向けることさえしない。まっすぐ前を見たまま、馬を走らせる。

リゼルは背伸びをして、新しい領主の顔をよく見ようとした。

肩幅が広く逞しく、いかにも武官らしい体《からだ》つきだ。右頬に一筋走る刀傷は、戦場で受けたものだろうか。年は三十代前半ぐらいか、鼻筋が通って唇の薄い冷たい顔立ちに、まっすぐな黒髪が暗い印象を付け加える。

（あら……？　私の知ってる人？）

何かがリゼルの意識に引っかかった。もう一度背伸びして、領主の顔を見た。

長い睫毛の影がかぶさった、青灰色の瞳――。

「……っ！」

リゼルは硬直した。あの瞳を自分は知っている。

（ヴァルター様……!?）

かつて自分の許婚《いいなずけ》だったヴァルターも、青味を帯びた灰色の眼をしていた。夜明け前の、白み始めた空にかかる雲に似たやわらかい色の瞳が、自分はとても好きだった。新しい領主の瞳は、同じ色だ。髪も、長さは違うけれど、記憶にあるのと同じ艶やかな黒髪だ。

ヴァルターなのだろうか。

心臓がどくどくどくと激しい音を立て始める。息が苦しい。手足の先が冷たくなる。

（まさか……そんな！）

人垣の後ろで、リゼルは固まっていた。四年前に自分が犯した罪の重さが、両肩にのしかかり、全身に粘りつく。

その瞬間、領主がこちらへ目を向け――大きく目を見開いた。

（えっ……？）

時間の流れが止まった。自分と馬上の領主、二人だけを包んで空気がこわばる。青灰色の瞳が、まっすぐに自分を見つめる。視線は真冬の空の冴え返った月に似て、すべてを凍りつかせるかのように冷たい。

同じ色の瞳だ。けれども違う。

自分が知っているヴァルターの眼は、もっと穏やかだった。時として、心の奥底に秘めた激情を表に出すこともあったが、こんな冷たい眼差《まなざ》しを他者に向けたことはなかった。

（違うわ……あの方は、もっと優しい）

そう思った時――止まった時間が動き出した。

領主が自分を見て表情を変えたと感じたのは、思い過ごしだったようだ。領主は馬を停めることなく、走りすぎていった。

リゼルは溜息をついた。動悸がまだ治まらない。

（領主様がヴァルター様だなんて、あり得ないわ。ヴァルター様は文官だったもの。ペンばかりで剣をほとんど持ったことのない方が、遠征軍で手柄を立てられるはずはない。第一名前が違うわ、エーレンバウム伯爵じゃなくて、みんなが言ってたのは、確か……）

自分に言い聞かせるリゼルの耳に、人々の話し声が届いた。

「あれが新しい領主様だって？」

「そうだ、カイン公爵様だよ。今日から街はずれの柊館《ひいらぎ》にお住まいになるそうだ」

「へえ？　港町のモスに住まないのかい？　ビューネ州一の大都市だぞ、にぎやかで便利で、立派なお城もあるっていうのに。こっちの館は小さくて、前のご領主は、狩りの時期しか使わない別邸扱いだったじゃないか」

「モスはにぎやかすぎて、性に合わないって仰《おつしや》ったんだとさ」

「引っ込み思案な気性なのかしら」

「まさか。遠征軍にいる時は確か、『戦場の闇疾風』という二つ名で帝国の連中を震え上がらせ、大将首を幾つも取ったって話だぞ」

「闇疾風？」

「ああ、黒髪に黒い鎧兜《よろいかぶと》で戦場を駆け巡る姿から、ついた呼び名らしい。そんな勇猛なお方が、引っ込み思案なわけはないだろう。……人間嫌いっていうならわかるがな、あまり人好きのする顔じゃなかったし」

「なんだか、怖い感じのお方だったわねえ。戦で敵に向かうのと同じ調子で、家来や街の者に剣を向けたりなさらないわよねえ？」

「国王陛下の忠臣でいらっしゃるんだ。陛下の名に傷を付けるような悪政はなさるまいよ」

「しかし『戦上手は政治下手』って話もあるからな。さっきの冷たい態度を見たか？　領民なんか目に入ってもいないって感じだった。乱暴な政治をなさらなきゃいいんだが」

人々もリゼル同様、新領主に対して『怖い人』という印象を持ったようだ。

立ちすくんだまま動かないリゼルを、小間使いが促した。

「大丈夫ですか、やはりお疲れなんじゃありません？」

「い、いえ。大したことないの。でも混雑したところはだめね。また、人に酔っちゃったみたいだわ。馬車へ戻りましょう」

ヴァルターとは姓も爵位も違う。似ていただけの別人だ――そう結論づけて、リゼルは遠い罪の記憶を意識から追い払った。


買い物を終えたリゼルは、街の山の手にある屋敷へ戻った。

グレーテの街は水も空気も綺麗で気候が温暖なため、保養地として有名だ。この屋敷の主シュテファン・オーステンも三年前からここに住んでいる。しかし転地療養も医薬も効果はなく、病魔は彼の生命力をじわじわと削り続けてきた。

市場で買ったオレンジの、搾りたて果汁をグラスに入れ、リゼルはシュテファンの部屋へ急いだ。

カーテンを閉め切ったままの部屋は薄暗く、薬湯のにおいが立ちこめている。奥のベッドに寝ているシュテファンが、ドアの開いた気配に気づいたのか、まぶたを開けた。

「ああ……リゼルか」

力なく微笑《ほほえ》んだシュテファンに、リゼルはできるだけ明るい口調で話しかけた。

「カーテンを開けてもいい？　空気を入れ換えなくちゃ、部屋の中が湿っぽくなるわ」

「いいよ」

答えてくれたけれど、シュテファンの視線はリゼルからずれている。もうあまりよく、物が見えていないのだと思う。

「夢を見ていたよ。ずっと、昔の……君の……」

シュテファンの声は力なく、すぐに途切れた。

四年前、自分がシュテファンの元に走った時、彼はすでに病身だった。その当時も病が重くて、命が危ぶまれる状態だったけれども、死なせまいという強い意志を持ったリゼルの看護が功を奏したのか、一時はかなり健康を取り戻していた。

しかしそれは、燃え尽きる直前の蠟燭《ろうそく》の灯が、明るく燃え上がるようなものだったのかも知れない。今のシュテファンは誰が見ても、死期の近い重病人だ。

厚地のカーテンを開くと、レース越しのやわらかい光が部屋を満たし、シュテファンの顔を照らした。

もともと血色のいい方ではなかったけれど、今の顔は土気色だ。商人というより学者という方が似合う知的な面貌が、病《や》みやつれた今では、三十八才という年齢より十以上も老けて見えた。リゼルはベッド際の椅子に腰を下ろし、一層明るい声で話しかけた。

「どんな夢？　いい夢だったの？」

「あの頃は……自分のしていることが、正しいと、信じていた。愛しているんだから、これでいいんだ、と……愚か、だった」

悔いる気配を瞳ににじませ、シュテファンはリゼルの手を取った。

「私のせいで、お前を不幸にしてしまった。あげくに、こんな病人の世話で、お前の人生がすり減っていく……すまない」

「しかし……」

「勝手に『不幸』にしないで。私はそんなこと思ってないんだから」

「看病するのは、私が自分で決めたことよ。これでよかったの。いつも言ってるでしょ？　それなのに忘れちゃうなんて、ほんとにもう……」

「そうだね、すまない」

「……何も食べずにいるから、考えが暗い方に向いちゃうんだわ。市場ですごく甘いオレンジを売っていたの。搾ったから飲んでみて」

羽根枕を使って病人の上体を起こし、グラスを唇にあてがった。シュテファンにはもう、グラスを自分で持つ力がない。

少し口に含んだけれど、それだけでシュテファンは大儀そうに首を振った。

「もう、いい。ありがとう。あまり飲めなくてすまない、だけど、とても美味しかったよ」

病気で苦しいはずなのに、気を遣って自分を労《いたわ》ってくれる。この優しさは四年前から変わらない。だが昔はもっと強気だった。普段は優しくても、重要な局面では己の意志を譲らない。意見の違いから、一晩中リゼルと激論したこともあった。

それが今は、自分が少し強く出るとすぐに意見を引っ込めてしまう。そのことを哀しく思いつつ、リゼルは懸命に笑顔を作った。

「体を拭きましょうか？　生薬屋で、痛みをやわらげるっていうハーブ水が手に入ったの」

「いい。そんなに、汗を搔いてはいない」

声が弱々しい。服を脱がせて肌を拭えば、かえって体力を削るかも知れない。リゼルはシュテファンを元通りに寝かせて、布団をかけ直した。

「また、眠る？」

「そうだ、な……眠るまで、何か、話してくれないか。声を、聞いていたいんだ」

リゼルは微笑みかけ、シュテファンの手を両手で包み込むように握った。

「えっとね……そうそう、今日、新しい領主様を見かけたわ」

「どんな方だった？」

「遠征軍で、大きな手柄を立てた方だそうよ」

このヤード王国は、東方のバハラム帝国と長らく敵対関係にあった。宗教や社会体制が大きく異なる二つの大国は、決して友好的な関係にはならない。昔は王国が侵攻を受けたこともあったようだが、近年は逆に、王国側が帝国へ遠征軍を送るようになっていた。第四次の遠征軍が戻ってきたのは、確か昨年の夏だ。

「国王陛下の側近ですって。カイン公爵」

「カイン家か……昔、西方に広大な領地を持っていた公爵家が、そういう名前だったと思うが、跡継ぎがなくて絶えたと聞いた。遠縁の人でも、見つかったのかな」

「西方の領地を引き継がないのかしら」

「家系が絶えてから、十年以上たっている。その間に多分、領地はいったん国王陛下に召し上げられて、他の貴族や騎士に下賜《かし》されたんだろう。だから、今領主がいないこのビューネ州を、新しいカイン公爵に与えた……そんなところだと思うよ」

シュテファンのゆっくりした口調が、リゼルの胸に懐かしさを呼び起こす。

許婚との結婚式をすっぽかして男爵家を飛び出した当時、自分にあったのは激情だけで、あまりにも世間知らずだった。物事を説明する時、シュテファンはいつもこんなふうに丁寧に、本質を理解するまで根気よく教えてくれた。幸せな時間だったと思う。

「どんな領主様だった？」

「大きな傷が頬にあったわ。背が高くて、肩幅が広くて、怖い顔つきの人。いかにも軍人らしい雰囲気の、黒い髪に、青……」

青灰色の眼、と言いかけてリゼルは口につぐんだ。かつて裏切った許婚と、一瞬錯覚した話を出すわけにはいかない。さっさと話題を変えてしまいたい。

「怖い感じの方よ。街の人が大通りの両側で見送っても、手を上げて応えたりはなさらなかったわ。急いでいらしただけかも知れないけれど。皆、いろんな噂をしていたわ。でも正確にどんな人かはわからないの」

「そうか……見た目はどうでも、本当は優しいご領主だと、いいんだがな」

リゼルに微笑みかけて、シュテファンが呟く。

「この先、どうすればいいのか、ずっと考えていた。私が死んだら……」

「やめて。お願い、死ぬなんて口にしないで。そんなことを言ってたら、病気に負けてしまうわ」

「自分の寿命は、自分でわかる。……喋る力があるうちに、話しておきたい。私が死んだあと、お前の身の振り方をどうするかが、心配なんだ」

「そんな話、考えたくないわ」

「必要なことだ。リゼル、お前はまだ二十になったばかりだ。ほんの子供だ」

「他の人は誰もそんなことは言わないわ。二十といえば立派な大人よ。結婚して子供がいてもおかしくないわ」

「そう、だな……それなのに、私の看病で、娘盛りを無駄にさせた……」

「そんなこと言わないで。私、そばにいたかったのよ。いい加減にわかってほしいわ」

握ったシュテファンの手に頬を寄せ、リゼルは拗《す》ねた口調で呟いた。シュテファンが苦笑し、リゼルの髪を撫でる。親が幼子を慈しむ時に似た手つきだ。リゼルが拗ねてもふくれても、シュテファンは同じ高さに立って怒るようなことはない。包み込むような優しさで接してくれる。

「新しいご領主が、相続税に厳しい方でなければいいな。私が死んだあと、不自由なく暮らしていける程度のものを、お前に遺《のこ》したいんだ。そして誰かいい相手がいたら、結婚して幸せに……」

「やめてってば。言わないで」

強い口調でリゼルはシュテファンの言葉を遮った。

（誰とも結婚なんてしないわ、絶対に）

心から愛した男性はただ一人だ。一生に一度きりの恋だ。他の誰かを夫にすることなど考えられない。

だがその言葉は口に出さずに飲み込んだ。シュテファンの心に負担をかけたくない。

「ありがとう、リゼル……でも、考えておいてくれ」

シュテファンが眠るまでそばについて見守ったあとで、リゼルは廊下へ出た。

自室に戻ってベッドに身を横たえる。精神的にひどく疲れていた。励ます言葉を口にしてはいるものの、リゼルにもよくわかっている。シュテファンの命はもう長くはない。

（……修道院を探さなきゃ）

シュテファンがなんと言おうと、自分は結婚などしない。その資格はない。

かつて自分は許婚のヴァルターを、結婚式に出ないという最悪の形で裏切った。優しくて博学で、整った顔立ちで、自分にはもったいないような青年だったから、きっとすぐに、自分などより美しく誠実な女性を妻に迎えていることだろう。だがヴァルターがどんなに幸せに暮らしていても、裏切った自分の罪は許されない。

この屋敷を出たなら、修道院に入ってシュテファンの冥福を祈り、罪の許しを神に請うのが、自分のなすべきことだ。

(ヴァルター様……ごめんなさい。どんなに詫びても、許されることじゃないけど、ごめんなさい)

閉じたまぶたの裏を、街で出くわした領主の姿がよぎった。髪と眼の色からヴァルターを連想したせいか、四年前のことが思い出されてならない。『駆け落ちする、捜さないで』という書き置きを残して男爵家を飛び出したけれど、

(好きだったの……あなたと結婚するのを、心から楽しみにしていたの)

ヴァルターへの気持ちに、嘘はなかった。

思い返すうち、愛した人の面影《おもかげ》が脳裏《のうり》にくっきりと蘇ってくる。彼と交わした初めての口づけは、決して忘れられない、熱く甘い記憶だ。薄くて形のよい唇は、自分より少し冷たく、それでいて侵入してきた舌は熱かった。自分の舌にからみつき吸う力は、普段の紳士的な振る舞いとは裏腹に、強く狂おしく――。

「ん……っ」

体の中心がほてるのを感じて、リゼルは喘いだ。奥が熱く、潤むような、溶け出すよう

な気がする。たった一度だけの口づけを思い出すと、いつもこうだ。

（ヴァルター、様……）

体にこもるこの熱を、どうしたらいいのかわからない。リゼルはクッションを胸に抱きしめ、固く目を閉じて、ひたすら眠ろうと試みた。


そのわずか二日後、シュテファンは大量に吐血した。使用人が必死に走って呼んできたかかりつけ医は、病人を一目見て、もはや打つ手はないというように首を振った。

「……すまなかった……あとはもう、自由に……」

付き添うリゼルにかすれた声で詫びたのが、シュテファンの最期の言葉となった。

医師が手首の脈を確かめたあと、「残念です」と沈痛な口調で呟き、息絶えたシュテファンの手を放した。

あまりに悲しみが大きいと、かえって涙が出てこないものなのかも知れない。リゼルはベッド脇に膝をつき、シュテファンの死に顔を見つめていた。ともに暮らした四年間の思い出が、頭の中をゆっくりと回る。

だがその時部屋の外から、何やら騒々しい声と物音が伝わってきた。葬儀の支度とは違う、揉め事めいた気配だ。使用人が止めている声が聞こえる。

「おやめください！　今、主は重い病で……」

「邪魔をするな。ご領主様がわざわざおいでになったのだぞ。道を空けないか」

「しかし……うぁっ！」

「公爵、こちらのようです。さ、どうぞ」

先日見かけたカイン公爵が、部下を連れて押しかけてきたらしい。数人分の荒々しい靴音がこちらへ向かってくる。

(こんな時に……!!)

静かにシュテファンを見送るはずの時間を邪魔され、リゼルの胸に怒りが燃え上がった。立ち上がり、部屋の戸口へ向き直った時、外から乱暴にドアが開かれた。

男達が中へ踏み込んでこようとしている。先頭に立ってドアを開けたのは、顔立ちにまだ幼さを残した浅黒い肌の若者だが、その後ろにはあの黒髪の公爵がいた。

他の者はどうでもいい。領主に文句を言ってやらねば気が収まらない。彼の命令で、こんな時に押しかけてきたに違いないのだ。

招かれざる客の顔を見据えて、リゼルは声を張った。

「お待ちください！　この屋敷の主がどういう状況かは、外でお聞きになったはずです！　こんな時に約束もなくおいでになり、そのうえ病室へ押しかけていらっしゃるとは、何事ですか!!　ご用件はお伺いします、でも今だけは外でお待ちください！」

「黙れ！　そんな偉そうなことが言える立場か!?」

部下と思われる若者が、眉を吊り上げてどなった。どこかで見たことがあるような顔だと、一瞬思ったけれど、それはどうでもいい。シュテファンの埋葬を無事に済ませるため、領主に帰ってもらうのが先だ。

　リゼルはヴァルターを見つめて一礼し、再度繰り返した。

「長くはお待たせしません。静かに最期のお別れをさせてください。お願い致します」

　リゼルの言葉と、ベッド際の医師や涙にくれる使用人達の様子、そして動かないシュテファンを見て、病臥中だった主は、たった今息を引き取ったと気づいたのだろう。カイン公爵の表情がこわばった。苦しげに眉根を寄せる。

　だがそれも一瞬のことだった。すぐに元の険しい顔つきに戻り、若者を押しのけて大股にリゼルの前へ歩いてきた。

「思ったことをずけずけと言う性分は変わらないらしい」

「え？」

　声が四年前の記憶を刺激する。響きがよくて音楽的なバリトンは、自分が強く惹かれたあの声だ。

（ヴァルター様……？）

　月日を重ねたせいか、あの頃より少しかすれて重々しくなっているけれど、聞き違えたりしない。さらに公爵は、決定的な言葉を付け加えた。

「屋敷の主はシュテファン・オーステンといったか。その男のためなら、領主に反抗するのも厭《いと》わないわけだ。駆け落ちするほど愛したのなら、当然だろうな」

「!?」

リゼルは二度三度と瞬《まばた》きをして、ヴァルターの顔を見つめた。青味を帯びた灰色の眼が、罪を糾弾するかのような鋭い光をたたえ、自分を見下ろしている。領主として着任した日、ヴァルターと錯覚したあの瞳だ。いや、錯覚ではなかったのかも知れない。過去の自分を知っており、さらに自分とシュテファンが駆け落ちしたと言った。

ならば今、自分の前にいるこの男性は――。

「ヴァルター、様……?」

雰囲気が違いすぎて、すぐには信じられない。リゼルが知っているヴァルターは、切れ長の瞳に知的で優しい光をたたえ、いつも品よく微笑んでいた。春の木漏れ日がよく似合う青年だった。だが今、目の前にいるヴァルターは、すべてを凍りつかせる冬の風にも似た空気をまとっている。戦いの名残の古傷が頬に刻まれ、唇を歪ませる笑みは冷ややかだ。

リゼルの戸惑いを無視し、険しい口調でヴァルターは命じてきた。

「来い。リゼル・マルティン」

フルネームを呼ばれた。間違いない。四年前に失踪して以来、シュテファンの姓を借りて、ずっとリゼル・オーステンと名乗ってきた。自分がマルティン男爵家の出身だと知っている以上、やはり彼はヴァルターだ。

この前広場で、領主が自分を見て驚いたと思ったのは、錯覚ではなかった。自分が彼をヴァルターではないかと感じたのと同様、ヴァルターもまた自分を見て、四年前に結婚式

をすっぽかして逃げた許婚かも知れないと疑ったのだろう。どこで暮らしているのか部下に調べさせ、突き止めて、この屋敷へやってきたのに違いない。

大きな手がリゼルの腕をつかんで、引き寄せる。

「男が死んだのなら、未練を残すことはないはずだ。さあ、来るんだ」

冷たい眼に見据えられ、リゼルの背筋を悪寒《おかん》が走った。ヴァルターは自分をどこへ連れていき、どうするつもりなのだろう。どんな目に遭《あ》わされても仕方がないことを、自分はしてしまったのだけれど——以前の紳士的な気配とは打って変わって、刃物に似た鋭さと冷たさをまとわせたヴァルターが、怖い。

「痛いっ！　待っ……待って、お願い……!!」

反射的に悲鳴がこぼれた。使用人達がざわめき、老執事が震える声で抗議した。

「ご、ご領主様！　お待ちください！　ご覧の通り、この屋敷では主が息を引き取ったばかりなのです。葬儀を行わねばならぬ時に、このような乱暴な真似は……」

「そうですとも。せめて明日の葬儀が終わるまで……お願い致します」

「うるさい。引っ込んでいろ」

例の若者が素早く進み出て、老いた執事を押しのけた。よろめいて尻餅をつく執事を見て、他の使用人達が驚きと非難の声を上げる。

「なんだ、お前ら！　邪魔をする気か!?」

剣の柄に手をかけた若者を、ヴァルターが制止した。

「待て。無闇に剣を抜くな。……リゼル、お前の口から説明しろ。この屋敷の者達に、迷惑をかけたくはないだろう」

迷惑という部分を強調した言い方をされて、リゼルは怯えた。土地の領主がその気になれば、商家の一つぐらい簡単に潰してしまうに違いない。自分が素直に従わなければ、巻き添えで使用人達の暮らしが立ちゆかなくなる。

（私怨に他人を巻き込むような方じゃなかったのに……）

だがそれもリゼルの裏切りがもたらした、性格の変化なのかも知れない。とにかく今は、使用人達がとばっちりを受けないようにするのが先だ。

腕をつかまれたまま、リゼルは皆の方を振り向き、声を絞り出した。

「やめて、みんな。お願い、騒がないで。私、領主様と、昔、その……関わりがあるの。申し訳の立たないことをしてしまって……だから行かなくちゃ」

「しかしリゼル様、明日の葬儀はどうなさるのですか」

リゼルは唇を噛んだ。できることならシュテファンの埋葬までここにいたい。けれどもわざわざ乗り込んで連れ出しにきたのに、それを許してくれるとは思えない。老執事は諦めきれないのか、ヴァルターに向かって深々と頭を下げた。

「お願いです。せめて明日の葬儀が終わるまでお待ちください。ご領主とリゼル様にどのようなご事情があったかは存じませんが……」

「事情を知らないなら口を挟むな」

ヴァルターは懇願を遮って言い捨てた。これ以上怒らせたら、本当に使用人達に何か処罰を与えるかも知れない。リゼルは老執事に向かい、左右に強く首を振ってみせた。

「お願い、もう何も言わないで。公爵のお怒りは当然なのよ。私、どんな処罰を受けても仕方がないような、罪深いことをしてしまったの」

「まさか、リゼル様がそのような……」

「本当なの。だから私、行かなくちゃ。……あとのことを、お願いね」

永遠の眠りについたシュテファンに、リゼルは視線を向けた。今の騒ぎを知らずに彼が旅立ったのは、幸いだったかも知れない。生きているうちにヴァルターが押しかけてきていたら、きっと過去の罪に苦しみ、安らかな死を迎えられなかっただろう。

「……さようなら」

シュテファンに小声で別れを告げた。

ヴァルターの喉が、くっ……と息の詰まったような音をたてた。眉間に苦しげな皺を寄せたのはなぜだろうか。

リゼルを部下達の方へ突き出して命じた。

「連れていけ、テオ。俺はここの者どもに、訊くことがある」

「いいえ、自分は公爵のお供を致します」

「いいからリゼルを連れていけ。俺は一人でいい」

テオと呼ばれたあの若者が、不満をむき出しにした表情で、ヴァルターからリゼルを受け取った。

「おいでください。公爵の館へお連れします」

口調だけは丁寧だが、声には蔑《さげず》みの気配がある。リゼルの裏切り行為について、ヴァルターから聞いているのかも知れない。他者の感情を介することで、ヴァルターの怒りの深さと、己の罪の重さを一層深く思い知らされた心地がして、リゼルは身を縮めた。

2　愛の見えない交わり

馬車に押し込められたリゼルが連れていかれたのは、街外れに建つ、白い石造りの館だった。柊《ひいらぎ》の森に囲まれているため、街の者からは柊館と呼ばれている。

外から見たことはあっても、足を踏み入れるのは初めてだった。

庭は広く、高い塀を周囲に巡らせてあるけれど、塔屋が付属した建物自体は三階建てで床面積も小さく、数々の武功を立てた公爵の住まいとしては、かなり質素だ。以前の領主はここを、狩りの時期だけの別邸として使っていたらしい。

もともとは二百年以上前、当時の国境を守るために造られた砦《とりで》だ。それを住みやすく改装したものなので、矢狭間《やざま》や、屋根の石落としなど、無骨な設備が今も残っている。

リゼルが入れられたのは、三階の屋根から高く突き出た塔の部屋だ。天蓋付きのベッドや、肘掛け椅子、小卓、衝立《ついたて》など、一通りの家具調度品が揃っている。てっきり地下牢へ押し込められると思っていたので、意外だった。

「食事はこの部屋へ運びます。用がある時はベルを鳴らしてください」

そう言うとテオは、リゼルの返事を待たずに部屋から出ていき、扉を閉めてしまった。

重い金属音は、錠を下ろした音だろう。

待遇がいいだけで、監禁であることに変わりはなかった。

（ヴァルター様は、屋敷のみんなに何を訊くつもりなのかしら。悪いのは私で、使用人達は関係ないのに）

葬儀の準備は無事に進んでいるだろうか。覚悟していたとはいえ、シュテファンの死はショックだった。まともに涙を流す暇さえなく、領主が屋敷に乗り込んできて、しかもその正体がヴァルターで、自分を館へ連れ帰って監禁し――目まぐるしすぎる。

あれこれ思い返していたら、涙があふれてきた。シュテファンの死に対する悲しみなのか、かつてヴァルターを傷つけたことへの悔恨なのか、自分でもわからない。

（ごめんなさい……）

そのうち、泣き疲れて眠ってしまったらしい。

部屋に響く金属音で目を覚まし、リゼルは跳ね起きた。すでに日が暮れているのか、周囲は暗かったけれど、見慣れない部屋にいるのはわかった。

（えっ、何!?　ここ、どこ!?　何の音……あっ）

あたりを見回した時、扉が開いた。さっきの金属音は鍵を開ける音だったらしい。入ってきたのは、テオを従えたヴァルターだ。慌てて長椅子から立ち上がったものの、何を言えばいいのかわからない。

「あ、あの……」

うろたえるリゼルを無視して、テオがランプや壁の燭台に次々と灯を入れていった。室内が明るくなったのを見届け、ヴァルターが言う。

「もういい、テオ。下がっていろ」

「ではドアの外でお待ちしています」

「待たなくていい。場を外せ。……行って、他の用を済ませてこい」

リゼルと二人きりで話すという意思表示に、テオは不満そうに唇を曲げた。それでも何も言わずに部屋を出ていく。

扉が閉まれば、部屋には二人きりだ。ヴァルターが冷ややかな眼差《まなざ》しを向けてきた。

「改めて挨拶しておこうか。エーレンバウム伯爵改め、ヴァルター・カイン公爵だ」

「どうしてなの？　なぜ……」

リゼルは問いかけた。なぜ姓と爵位が変わったのか、文官のはずのヴァルターがどのようにして戦功を立てることができたのか、わからないことだらけだ。王宮勤めならともかく、地方の文官は徴兵されないと聞いていた。

だがヴァルターは問いを無視して告げた。

「あの屋敷の連中に、シュテファン・オーステンとお前について尋問してきた」

「尋問!?」

強い言葉に驚き、リゼルは長椅子から腰を浮かせて叫んだ。

「屋敷にいたのはみんなただの使用人です。私の素性については何も知らなかったし、何も悪いことはしていないわ。罰するなら、私を……!!」

「お前を罰するのは当たり前だ。……座れ」

斬りつけるような口調だった。

「使用人は全員、三年前、お前とシュテファン・オーステンがこの街へ来る直前か、来てから雇ったんだな？　誰もお前の素性を知らなかった。死んだシュテファンは、病気療養のためにここへ来た裕福な商人で、お前はその愛人……そう聞いていたと、皆が口を揃えた」

リゼルは黙ってうなだれた。

四年前、シュテファンには、冷え切った仲で別居中とはいうものの、正妻がいた。だから自分は愛人として振る舞った。別居中の正妻が死んだという知らせが来たあとも、それを変えることはなかった。

(だって、本当のことを明かすわけにはいかなかったんだもの)

リゼルの抱える秘密を知るよしもない。ヴァルターは険しい声で問いつめてきた。

「シュテファンという男が、駆け落ちの相手か？」

「……」

あれは正確には駆け落ちではない。だが、事後承諾とはいえ、そう装《よそお》うことをシュテファンは受け入れてくれたし、自分達が愛人関係にあると周囲に思わせたのは、二人で相談して決めたことだ。シュテファンの死後のことまでは約束していなかったけれど、駆け落ちだと言ってもきっと許してくれるだろう。

第一、今さらヴァルターに向かって『実は違う』などと言えるわけがない。

「その通りです……」

「お前が愛人ということは、シュテファンという男には妻がいたんだろう。女房持ちと許《いい》婚《なずけ》持ちで不義を働いたか。どちらが駆け落ちしようと言い出した？　お前が望んだのか、それとも奴に誘われたのか」

「……私の方から、言ったの」

深く息を吸って心を落ち着かせようと試みてから、リゼルは白状した。事実、押しかけていった時には、シュテファンは驚き、なんとかして自分を帰らせようとした。ばれないうちに屋敷へ戻って、婚礼に出るべきだと主張し、なかなかリゼルの頼みを聞き入れてはくれなかった。押し切ったのは、自分だ。

ヴァルターの眉間に、苦しげな皺が寄る。

「本当か？　奴を庇って、そう言っているんじゃないのか」

どちらであってもヴァルターの心は傷つくのだと悟って、リゼルの胸が針を刺されたように痛んだ。ヴァルターは椅子の背もたれに身を預けて天井を仰ぎ、深く息を吐いた。その唇から、呻《うめ》くような声がこぼれる。

「どうしてだ。なぜ、裏切った？　あの男と俺の、どこが違ったんだ。リゼル、なぜお前は奴を選んだ。くそっ……もう一日早く行けばよかった。奴が生きているうちに……!!」

憤《いきどお》りがしたたり落ちるような声音を聞き、死んだシュテファンにまで怒りをぶつけるつもりではないだろうかと、リゼルは怯えた。相手が死んでいるからといって、復讐方法がないわけではない。領主が教会に命じれば、シュテファンを墓地に埋葬することはできなくなってしまう。

「やめて！　お願い、悪いのは私よ、どんなことでもして償《つぐな》うから、あの人には何もしないで！　もう死んでしまったんです、復讐なんてやめて……!!」

「復讐？」

おうむ返しに呟いたヴァルターは、意外なことを聞いたという表情だ。

「俺はただ、奴に話を聞きたかったと思っただけだ」

「あっ……」

先走った思い込みで、余計なことを言ってしまったらしい。またヴァルターを傷つけた。

「お前は俺を、死者の亡骸《なきがら》にまで復讐するような、卑劣な男だと思っていたのか？　それともシュテファンという男を大事に思うあまりの心配か？　死んだあとでさえ、奴をそんなにも愛しているというわけか。お前は、あの男だけを……」

薄い唇の両端がゆっくりと上がった。微笑の歪みは傷のせいか、彼の心に渦巻く感情のせいか。

「どんなことでもすると言ったな。だったら来い」

骨が軋むかと思うほどの力で、腕をつかまれた。長椅子から引き起こされる。

「い、痛い……!!」

ヴァルターはリゼルを奥の寝台へ引っ張っていき、羽根布団の上に転がした。投げつけるような乱暴な動作だった。

「きゃあっ!?」

腿に冷たい空気が触れる。跳ね起きて、膝上までめくれ返ったスカートを大慌てで下ろした。ベッド脇に立つヴァルターを見上げると、上着を脱いで、長椅子に放り投げるところだった。

「な、何を、なさる気……?」

舌が上顎に張り付いたようで、うまく喋れない。怖い。心臓が破れそうだ。ヴァルターは何をする気なのか。怯えるリゼルを冷ややかに見下ろし、ヴァルターは言葉を継ぐ。

「男二人を手玉に取っておいて今さら、初《うぶ》な小娘のふりをするな。……婚礼の日に逃げ出すほど、お前は俺を嫌っていた。今もそうだろう、愛した男の枕元から引き離して、無理矢理ここへ連れてきた俺が、憎いんだろう?」

「ち、違います、私、そんな」

「ごまかすな。心がどこにあろうと、今お前の体は俺の手の中にある。愛する男の死んだ日に、俺に体を開かせるのも一興だ。その体で償え」

「体で、って……」

「わかっているだろう。服を脱げ。それとも無理矢理に剝かれたいか」

ヴァルターが何をしようとしているのか、うっすらと想像はつく。けれど怖い。まだ自分は誰にも身を任せたことはないのだ。それに彼を憎んだことも嫌ったこともない。

真実を隠したままどう説明すればいいのか、迷いながらヴァルターを見上げて、リゼルは息を呑んだ。青灰色の瞳に渦巻いているのは、怒り、憎しみ――そして、隠そうとして隠しきれない悲哀だった。四年前に引き続き、今回も自分はヴァルターを傷つけてばかりいる。

（ごめんなさい。……許してなんて言える立場じゃないけど、ごめんなさい）

不安がって躊躇《ちゅうちょ》する資格は、自分にはない。

命じられたとおり、リゼルはドレスの襟元に手をかけた。胸元のリボンをほどく手が震えた。ボタンを外して袖から腕を抜く。普段着のまま連れてこられたのでコルセットは着けていない。ドレスとペチコートを脱ぎ捨てれば、素肌を隠すのは胸当てとショーツだけだ。これも脱がねばならないけれど、さすがにためらって手が止まった。

ヴァルターの声は厳しいままだ。

「どうした？　物怖《ものお》じしないのがお前の特徴だっただろう」

「ご、ごめんなさい……恥ずかしくて」

「珍しい言葉を聞くものだ。結婚式をすっぽかして駆け落ちしたお前に、恥などという概念があるとは思わなかった」

痛いところを突かれて黙り込んだリゼルを、ヴァルターが急《せ》かす。

「早くしろ。死んだ愛人の前で、そんなふうにもじもじしていたわけではないはずだ」

「そ、それは……」

シュテファンとの本当の間柄をヴァルターに明かせない以上、彼に肌を晒したことなどなかったと言っても、信じてはもらえないだろう。

(早く、しなきゃ……言うとおりにしなきゃ……でも、恥ずかしい……)

指が震えて、ホックをうまく外せない。様子を見ていたヴァルターが、何かを思いついたように笑った。

「なるほど。自分で脱いだわけではなくて、男に任せていたということか。だったらそうしてやろう」

「……きゃっ!?」

うろたえて叫んだ時には、寝台に上がったヴァルターに突き倒され、組み敷かれていた。

「あ、あっ……待って！　待ってください！」

どんな仕打ちにも甘んじよう、自分はそれだけのことをしたのだと、心を決めていたはずだった。なのにいざとなると、羞恥と不安が体を縛り、拒む言葉がこぼれ出る。

だがヴァルターは自分の体重でリゼルを押さえ込んで、放してはくれない。

右腕を上げて胸を隠そうとしたけれど、一瞬早く、手首をつかまえられた。左の手首もつかまれ、頭上に引き上げられて、両手を一まとめにされてしまう。左手だけでリゼルの自由を奪っておいて、ヴァルターはリゼルの胸当てを一気にむしり取った。

「きゃあぁぁっ！」

「あの男に抱かれる時も、いちいち悲鳴をあげたのか？」

皮肉な口調で言い、ヴァルターはリゼルの乳房を横からすくい上げるようにつかんだ。

幾つも剣だこのできた大きな手が、ふくらみ全体を包み込む。

（どうしよう……こんなところ、触られてる……）

恥ずかしくて、とても目を開けていられない。リゼルは固く目を閉じた。指が頂点の蕾《つぼみ》をつまみ、軽くこねた。

「ひっ……」

リゼルは息を詰まらせた。

「奴はどんな風にお前に触れた？　お前はどんな風に反応したんだ。言え」

冷たい口調なのに、声音には病《や》んだ熱がこもっている。憎悪が変質して発する熱だろうか。けれど処女の自分に答えられるわけはない。

「ごめん、な、さい……」

かろうじて絞り出した謝罪の言葉が、かえってヴァルターを苛立たせたのだろうか。胸のふくらみをつかんでいた手に力がこもる。潰れるかと思うほど強く揉まれて、リゼルはのけぞった。

「あぅっ！」

「……」

耐えきれずに悲鳴をあげると、手の力がゆるんだ。今度は掌《てのひら》全体でそっとリゼルの胸を包みこみ、撫でるように、揉むように、優しく愛撫する。

「んっ……」

指が頂点の蕾に当たり、リゼルの唇から喘ぎがこぼれた。

ヴァルターは何も言わない。最初に胸に触れてきた時と同様に、優しく乳首をこねる。単調にこねるだけでなく、軽く爪を立てたり、焦《じ》らすように頂点から離れて乳暈《にゅううん》をなぞったりもする。それでリゼルの気がゆるむと、不意打ちで強くつまみ、揉みしだく。

「やっ……あ、ぁ……」

「感じているんだろう？　声が甘い」

「ち、違……」

否定したけれど、言葉が続かない。ヴァルターの言うとおりだ。自分は感じている。

（なぜ？　痛いこともされてるのに……こんな……）

緩急を付けた責めが、こんなに強い快感をもたらすとは知らなかった。

さっき強くつかまれた部分の肌には、ひりつく痛みがかすかに残っている。だがその上から優しく撫でられると、痛みが甘い痺れに変わって、全身に広がるようだ。まして感じやすい蕾を責められた刺激は、胸肌への愛撫とは比べものにならない快感を呼び起こす。

「ちょっと触っただけで硬くなるんだな。淫らな体だ」

「きゃうっ!?」

乳首を強く指ではじかれ、リゼルは悲鳴をこぼした。

「この四年間で開発されて敏感になったのか、それとももともと淫乱なのか、どっちだ？」

「やっ……そんな、違……」

「何が違う。お前は以前裏切った男に、無理矢理連れてこられて、弄《もてあそ》ばれているんだぞ。普通なら、感じることなどないはずだ。淫乱でないというなら、反応せずに耐えてみせろ」

「……っ!?」

言い終えるなり、ヴァルターがリゼルの胸に顔を押しつけてきた。今まで放置されていた右胸を、濡れた感触が覆う。くわえられたのだと気づいて、リゼルは惑乱した。まだやわらかい蕾を舌が掘り起こし、歯が挟む。口にふくんで吸われる感覚は、指の愛撫ではあり得なかったものだ。

「あっ、あ……やめて、だめっ！」

左胸は、今までと同じように手で愛撫されている。二種の違った快感が、胸の奥で混じり合い、全身をほてらせた。

（だめ、気持ちよくなっちゃだめ。淫乱だって、ヴァルター様に軽蔑されてしまう……）

感じるまいと自分を叱咤したけれど、逆効果だった。今、自分の体に触れているのがヴァルターだと、かえって強く意識してしまう。もし予定通りに結婚していれば、四年前に彼とこうなっていたはずなのだ。そう思うと、ますます体がほてる。唇を重ねた記憶が、今の感覚に重なる。

四年前なら手に剣だこはなかったし、掌の皮膚もこんなに硬くはなかっただろう。肩幅が広く胸板が厚く、逞しい体つきになった分、力は強くなり、体重は増した。腿の上にまたがられると、まったく動けないし、つかまれた両手首は、万力に挟まれたかのようだ。

けれど鼻孔をくすぐる汗のにおいや、自分の肌に触れる髪の感触は変わらない。

押さえつける力は強いけれど、胸を愛撫するヴァルターの手つきは丹念で優しい。かつてキスした時、リゼルの髪をくしけずり、唇を撫でた指使いと同じだった。

懐かしく、愛おしい。

(ヴァルター様……私、好きだったの……ほんとに、あなたが好きで……)

だが、言えない。今さら打ち明けたのでは、四年前何のために逃げたのかわからなくなる。目を閉じ、唇を固く結んで、リゼルは愛撫に耐えようとした。激しくなりかける息遣いを懸命に抑え、声を出すまいと唇を固く結んだ。けれども反応を抑えきることはできなかった。

(あ……やだ、これって……?)

下腹の奥が熱を帯びるのがわかった。体の中心から、とろみを帯びた液がにじみ出してくる。乳首をこねられ、甘噛みされ、吸われるたび、さざ波のような快感が、リゼルの体に甘く広がる。

腿の奥からにじみ出す蜜は、その快感に連動していた。

（こ、こんなのって……だめ、あふれちゃう！）

とめどなくあふれる蜜を止めようと、腿を固く閉じ合わせようとした。だが胸からの快感に、じっとしていられなくて、勝手に脚がもぞもぞ動いてしまう。

その動きにヴァルターが気づいたらしい。

「何をもぞもぞしている」

「べ、別に……何でもないわ」

「ごまかすつもりか」

険しい口調で言い、ヴァルターが素早くリゼルの横へ下りた。つかんでいたリゼルの手首を放し、今度は左右の足首をつかまえる。勢いよく左右に開いた。

「いやぁあ！」

ショーツはまだ身につけたままだけれど、あまりに恥ずかしい体勢だ。しかも、

「もう濡れているのか」

嘲《あざけ》りを含んだ声で言われた。

「いやっ！　違うの、違う……!!」

「ごまかすな」

ヴァルターはリゼルの脚を放し、ショーツのサイドにある紐を勢いよく引いた。結び目はあっさりほどけた。

「あぁっ……!!」

慌てて両脚を閉じ合わせたけれど、無駄だった。布地を引っ張られ、薄いシルクのショーツはあっさり抜き取られた。それをリゼルの目の前に突きつけ、ヴァルターが嘲笑《あざわら》う。

「見てみろ。これでも感じていないというつもりか」

「……」

クロッチの部分が濡れて、透けている。恥ずかしさにリゼルは目を閉じ、顔を背けた。

「駆け落ちまでした男が死んだというのに、他の男に胸を触られただけで、濡れるほど感じるとはな。こんな淫らな女だとは思わなかった」

罵倒したあと、蔑《さげず》みのこもった口調でヴァルターは付け加えた。

「男なら誰でもいいんだな、お前は」

「そんなっ……」

確かに、シュテファンが死んだその日にヴァルターに抱かれて快感に溺れているのは、はしたなく見苦しいことだと思う。けれど『誰でもいい』わけではない。断じて違う。相手がヴァルターでなければ、こんなふうに感じたりはしない。

嘘をついて裏切った自分を、ヴァルターが信じないのは当然だと思うけれど、哀しい。こらえきれずに、涙があふれ出た。

ハッとしたように、ヴァルターが息を呑む。

（……いけない。泣いちゃだめ、私が悪かったんだもの）

ヴァルターが、何度も何度も自分を責める言葉を口にするのは、それだけ怒りが深いからだ。そこまでヴァルターの心を傷つけ、追いつめた自分に、泣く資格などない。そう己に言い聞かせても、涙は止まらない。

「泣くな」

重苦しい溜息をついたあと、ヴァルターが苛立った口調で命じてきた。

「泣くなと言っているんだ。……くそっ、もういい。そんな鬱陶《うっとう》しい顔は見ているだけで不愉快だ。うつ伏せになれ」

「……」

「うつ伏せになって、腰を上げるんだ」

二度繰り返して命じられ、リゼルはのろのろと体を反転させた。すでに一糸まとわぬ姿にされている。ベッドの上に這いつくばって、腰を上げた。本当なら隠すべき場所を高々と上げた格好は、ひどく恥ずかしかった。犬が服従の意を示す時に似た格好だ。顔をシーツに伏せて、固く目を閉じたけれど、全身の神経が過敏になっているのか、ヴァルターの視線を皮膚で感じる。

（見られてる……全部、見えてるのかも）

尻も、太腿も、もしかしたら秘所までも、彼の視線に晒しているのではないだろうか。こんな恥知らずな格好こそ、裏切り者で嘘つきの自分にはふさわしいのかも知れない。そう思ってしまうと、惨めさを煽られて嗚咽《おえつ》が止まらない。

「今さら何を泣く。愛人以外の男に抱かれるのが悔しいのか。それとも男なら誰でもよくて、感じて嬉し泣きか？」

冷たい言葉とともに、背後で衣服を脱ぐ気配がした。大きな手が腰に触れた。

「ひぁっ⁉」

掌の冷たさに、思わず大きな声が出た。ヴァルターが何をしているか見えないので、不安がつのる。反射的に首をひねって、後ろを見た。

「……っ！」

リゼルは息を呑んだ。

（やっ……あ、あれが、男の人の……）

ヴァルターの股間の牡《おす》は、天を向いてそそり立っている。こんな状態の牡を見るのは初めてだった。顔が燃え上がるように熱くほてり、全身から汗が噴き出す。慌てて目を背け、顔を前向きに戻した。

それでも、閉じたまぶたの裏に、さっきの一瞬で見たものが残像となってちらつく。服を脱ぎ捨てたヴァルターの体は筋肉に覆われ、肩も胸も腕も、傷痕だらけだった。戦で受けたものに違いない。牡の逞しさも含め、何もかもが衝撃で、脇や背中に汗がにじむ。

動揺して、腰を高く上げた姿勢を続けられず、うずくまってしまった。

「どうした？　今さら純情ぶるな。見慣れているだろう」

嘲笑う口調で言い、ヴァルターがリゼルの尻肉を、指が食い込むほどに強くつかんだ。リゼルの体が跳ねる。乱暴に責めてくるのかと思いきや、今度は一転して優しく尻から腿へと撫でた。腰を押さえていた手は、うずくまって身を縮めるリゼルの脇から、巧みに前にすべり込んで胸のふくらみを弄ぶ。

「やあっ、ぁ……んっ」

口を引き結んで耐えようとしても、こらえきれずに甘い喘ぎが漏れる。先ほど嬲《なぶ》られて熱を帯び、感じやすくなっていた胸の蕾は、あっさりと勃ち上がった。

「あぅっ……く……ひぁ!?」

首筋に濡れた感触を覚え、悲鳴がこぼれた。唇を押し当てられたのだ。ヴァルターは唇をゆっくり這わせ、耳元へと舐め上げてくる。耳たぶをくわえ、飴玉を転がすようにしゃぶる。甘噛みする。

(やだっ……何、これ……っ)

最初はくすぐったいだけだった。けれど舐め回されると体がぞくぞく震えて、耳から脳へと電流が走る。意識が甘くしびれていく。

「だめ、そこ……だめぇ……っ」

呂律《ろれつ》が回らない声で懇願した。だがヴァルターは何も言わない。リゼルの耳孔を舌で犯し、片手で包み込んだ胸を、やわやわと揉んだ。わざとか偶然か、感じやすい頂点の蕾には触れず、全体を揉みたてる。

乳首に触れられた時のような、背筋が反り返るほどの激しい快感はないものの、じんわりとした快感は、熾火《おきび》の熱にも似た目立たなさで、全身を侵食していく。

「あっ、ぁ……はぅ、んっ……」

身を固く小さくこわばらせて、うずくまっていたはずなのに、気づけば体の力が抜け、ヴァルターのなすがままだ。溶けてしまいそうな気がする。

「……っ！」

ヴァルターが背後から、覆いかぶさってきた。尻に熱いものが当たる。さっき見えた、彼の牡だろうか。

（あ、あんなものを入れるの？　やだ、怖い……!!）

男と女がどんなことをするのか、うっすらとは知っている。

シュテファンの屋敷の使用人は皆、自分を主《あるじ》の愛人だと信じ込んでいた。そのせいか、侍女や男の使用人はまだしも、洗濯女や料理女達がかわす艶話はひどくあけすけで、リゼルの前でも遠慮しなかった。下品といえば下品だけれど、彼女達の、『この料理で、旦那様に精をつけていただきましょう』とか、『もっと色っぽい下着の方が、大人の女に見えますのに。旦那様に元気を付けていただいて、リゼル様にお子が生まれたら、病気なんか吹っ飛んでいっちまいますよ』などという言葉には、主人の快復を願う開けっぴろげな好意があふれていたため、注意はしなかった。

性的な方向の耳学問をしてはいても、実際に見るのは初めてだ。あんなに大きな牡が、本当に自分の中へ入るのだろうか。体が壊れてしまうのではないか。

（怖、い……）

だがヴァルターは尻肉に牡を押し当て、背後からリゼルに体を密着させただけで、まだ入れようとはしなかった。尻から腿を撫でた手は、前に回って、腿の付け根をくすぐるように這い降りた。指が和毛を分けてさらにすべり降り、秘裂の蕾をつまむ。

「ひぁあっ!?」

快感と呼ぶには強すぎる刺激が、脊髄《せきずい》を駆け上がり脳を灼《や》いた。リゼルは一際高い声を上げ、のけぞった。ぬちゅ、と濡れた音をたてて舌が耳孔から抜ける。

「気持ちいいか？　リゼル」

「あ、ぁう……」

恥ずかしいと思う心とは裏腹に、体は熱くほてった。

愛する人に、自分のすべてを見られ、触れられているのだ。

本来なら四年前にこうして愛し合っているはずだったと思うと、体の奥が勝手に疼《うず》き、とろとろと蜜をあふれさせる。――かつて、結婚式に出ることなく失踪した自分に、感じる資格などないのに。

（いやだ、恥ずかしい……お願い、気づかないで）

だがもちろん、あふれた蜜がばれずに済むわけはない。

「ますます濡れてきたな。どこがいいんだ、耳か、胸か？　それともこっちがいいのか」

「ふぁんっ！　やっ、そこはだめぇ！　あ、ぁう……っ」

「ここが一番いいらしいな。……剝《む》いたら、もっとよくなる」

剝く、の意味はわからなかったが、ヴァルターの指がどう動いたのか、

「きゃうっ!?」

秘裂上端の蕾に、引きつるような痛みが走った。だがその直後、秘裂をすうっとなぞったあとの指で、蕾をくりくりと撫でられた。

「あっ、ぁひぃっ！」

さっきの刺激の数十倍、いや、数百倍もの強さの甘い電流が、蕾から脳天まで一気に突き抜ける。しかも、終わらない。何度もこねられ、叩かれる。さっき胸を愛撫された時、あまりの気持ちよさにうろたえたけれど、今の快感には遠く及ばない。神経をむき出しにされて、直接いじられているかのようだ。

「だめっ……それ、だめぇぇ!!」

断続的な悲鳴をあげ、リゼルの体が跳ねる。それをしっかりと背後から抱きすくめ、ヴァルターが再びうなじにキスをしてくる。体が熱い。

（こんな、こんなのって……どうしたらいいの。さっきまでと、違う……）

ヴァルターは何も言わない。自分を責める言葉を口にしない。指は快感だけを与えようとするかのように、ソフトに刺激してくる。自分を感じさせて、淫乱だと嘲笑うためだろうか。耳とうなじを愛撫する舌も唇も、優しく丁寧だ。

こんなふうにされたら、自分達が愛し合っているかのように錯覚してしまう。

（あ……いっぱい、あふれてる……）

体内からさらに大量の蜜があふれて、内腿を濡らした。巧みな愛撫で、いつのまにか腿の力が抜けていたことに気づき、慌てて固く脚を合わせたけれど、密着した腿の素肌の間を、液体が広がっていくのがわかる。膝近くまで伝い落ちているかもしれない。

ヴァルターの手は相変わらず丁寧に、しかし執拗《しつよう》に蕾をこねる。荒い息が首筋にかかる。

「あぁんっ、そこ、だめ……!!　もう、許して、ぇ……きゃあぁっ!?」

蕾をこねていた指が、秘裂をなぞった。かと思うと、不意に深々と奥を突いてきた。

蜜液はたっぷりとあふれ出ていたが、狭い肉孔へ指を突き入れられた痛みは、どうにもならない。粘膜が引きつり、裂けそうだ。

「あああぁっ……や、やめてぇ！」

快感に酔わされてこぼれていた甘い喘ぎが、一転して悲鳴に変わった。驚いたように身をこわばらせ、ヴァルターが愛撫の手を止めた。

「どうした、急に」

「だ、だって、痛くて……」

「たかが指くらいで？　処女のようなことを言うな。四年も男と暮らしていたくせに」

「……」

返事ができない。

「都合が悪くなると黙るんだな。痛がる芝居をしてまで、俺を受け入れたくないのか。そんなに、俺がいやなのか。だったらそう正直に言えばよかったものを、なぜ、四年前にはあんな笑顔で、俺を愛しているなどという嘘を……!!」

うめくように言ったかと思うと、ヴァルターは身を起こして膝立ちになった。リゼルの腰を両手でつかんで、引きずり上げる。

腿の裏側を、熱くて硬いものがかすめた。

「あ、ぁっ……待って！　待って、お願い……!!」

さっき目にした牡の大きさを思い出して怯え、リゼルは首を曲げて背後に目を向け、懇願した。必死で言いつのるリゼルの顔を見て、青灰色の瞳にためらう気配が走った気がしたけれど、一瞬のことでよくわからない。ヴァルターが横を向き、髪が顔にかかったので表情も見えなくなった。

「さっきまで、濡れて感じていたくせに、今さら何を」

「あ……」

ヴァルターの口調ににじんだ、悔しげな響きでわかった。ヴァルターはおそらく、自分がいやがったのはシュテファンに操《みさお》を立てているためと、誤解したのだ。愛撫で感じているのに、最後の一線だけは拒む自分に、苛立ったのかも知れない。

「……ごめんなさい」

詫びる言葉を呟いて、リゼルは顔を伏せ、腰だけを高く突き上げた姿勢を取った。覚悟を決めたつもりなのに、緊張のせいか、喉が妙な音をたてた。シーツを握りしめた指の関節が、力を入れすぎて白くなっている。

「う……くっ……」

大きな手が自分の腰の両側をしっかりとつかまえるのを感じて、体が震えた。

「あ……」

秘裂に熱く硬いものが触れてきた。

(やっ……こ、これなの?)

指とも舌とも違う。弾力のある、熱くて硬い感触――きっと、さっき見えたヴァルターの牡なのだろう。あの太く逞しいものが自分の中へ入ってくるのか。

(怖い……)

だが牡はすぐ奥へ入ってこようとはせず、秘裂を前へなぞった。両腿と下腹が作る小さな隙間へ、強引に分け入ってくる。

「う……くっ……」

感じやすい内腿の肌を牡にこすられ、リゼルは喘いだ。硬くて熱い。先端が濡れているのは、潤みきった秘裂をこすったためだろうか。

牡の発する熱が、秘裂の前にある蕾をかすめた。

「……っ!」

リゼルはうろたえた。反射的に、牡から離れようと体が動いたけれど、腰をつかまれて逃れられない。

牡が秘裂の中心にあてがわれた。ぐっと強く、押し当てられる。

「ひぁっ!?　あ……ああぅっ！」

一気にねじ込まれ、悲鳴がこぼれた。

体が裂けたと思った。きっとこれが、処女を失った苦痛なのだろう。

くっ、とヴァルターが呻く。

「……きついな。力を抜け」

「あ、ぁ……っ……」

牡は容赦なく奥へ侵入してくる。内臓が潰されると思うほどの圧迫感で、息が詰まった。

「歯を食いしばるんじゃない、ゆっくり息を吐くんだ。きつすぎて、こっちが痛くなる」

「くっ……は、ぅ……」

返事をする余裕はなかった。それでもリゼルは懸命に息を吐き、体の緊張をやわらげようとした。ヴァルターは、リゼルが息を吐くのに合わせて、牡を突き入れてきた。リゼルが苦痛に身をこわばらせるたびに止め、緊張が弱まったタイミングを見計らって、また腰を沈めてくる。

苦しい。どこまで深く、入ってくるのだろう。懸命に息を吐き、リゼルは牡を受け入れようとした。

「はぁ、う……ぁあっ……」

貫かれてから、どれほど時間がたっただろうか。ヴァルターが大きく息を吐いたのが聞こえた。リゼルを押さえていた手の力がゆるむ。自分の双丘の丸みに、ヴァルターの腰骨が当たっているのを感じた。

「……全部、入った」

「あ……ぅ」

これで終わったのだろうか。ほっとして、リゼルは溜息をこぼした。だがその直後、

「動かすぞ」

「うっ!? ま、待っ……ああぅ！」

中に入った牡が、前後に動き始める。粘膜が引きつり、リゼルは苦痛の悲鳴をこぼした。蜜がにじんでいたとはいえ、牡が大きすぎる。

「あっ、ぁ、く……あぅうっ！」

自分を貫いた牡が、ゆっくりと動き始める。蜜液に濡れてはいても、きつい。リゼルは苦痛の悲鳴をこぼした。

「苦しいっ……お願い、待っ……」

「挿入《い》れる前から濡れていたくせに、今さら純情ぶった芝居をするな」

「違うのっ、お芝居なんかじゃない！　待って……!!」

涙がこぼれる。潤んだ声で必死に訴えたら、抜き差しが止まった。

「あ……ありが、とう……」

気遣ってくれた――そう思うと、反射的に感謝の言葉がこぼれた。返事はない。

ややあって、冷たくこわばった声が返ってきた。

「勘違いするな。きつすぎて、無理な動かし方をするとこっちが痛いから、止めただけだ。やめてやるつもりはない」

そう言うと、ヴァルターは再び腰を揺すり始めた。さっきの荒々しい動かし方から一転して、ゆっくりと小さく動かす。

「あ……ぁっ」

引きつる痛みはなくなったけれど、圧迫感はどうしようもない。内臓を突き上げられる感覚に耐えようと、リゼルは大きく息を吐いた。

「それでいい。そうやって、力を抜いていろ」

腰を押さえていたヴァルターの手が離れた。片手が脇腹を撫で上げ、もう片方の手は腿の外から前に回り、脚の付け根をすべって、秘裂の上端を捕らえる。

「ひぁっ!?」

挿入前にさんざんいじられ、包皮を剝かれて、勃ち上がっていた蕾を、指の腹で叩かれた。苦痛を凌駕《りょうが》する快感が走り抜け、背筋が震える。

「やっ……そ、そこは……!!」

「ここが、どうした？　痛がっていたわりには、軽く叩いただけで、強く締め付けて、蜜をあふれさせるじゃないか」

「嘘っ、そんな……」

「何が嘘だ。こんなに、反応しておいて」

「はぅっ！」

ヴァルターの指が、蕾をつまんだ。苦痛になる一歩手前の力加減でこねてから、力をゆるめ、指の腹で優しく撫でる。

「あぁっ……ぁふぅ、んっ！　ゃぁっ、そこ、やめてぇ……!!」

「そんな甘ったるい声で言われてもな」

冷笑混じりに指摘されて、リゼルの体が羞恥に燃え上がる。

さっきまでは痛みに耐えかねて懇願していた。けれど感じやすい蕾をこねられた途端に、快感が体を支配し始めた。体の奥からあふれ出す蜜が止まらない。

（だめぇ……ここ、弱いのに……）

ヴァルターに貫かれた秘裂は、粘膜が引きつって今にも裂けそうなほど痛む。だが最初はもっと痛かったはずだ。蕾を責められて、甘いしびれが苦痛を溶かしていく。

荒い息遣いが、鼓膜を打った。

いつのまにか、ヴァルターの突き上げが激しくなっている。

「あ、ぁあ……待って、きついっ……」

懸命に訴えたけれど返事はない。えぐるように、あるいは円を描くように、牡が自分の中で暴れている。

だが最初に貫かれた時のような、息が止まるほどの苦痛はない。

逞しい牡に責められる圧迫感はあるけれど、それさえも快感を増すスパイスに変わってしまったかのようだ。熱く濡れた粘膜を牡にこすられ、じんじんと腰がしびれる。

(やだっ、何これ……どうして、こんな……!!)

肉の蕾だけではなく、明らかに蜜孔の奥で感じている。胸や秘裂の蕾を触られて得た快感とは、比較にならないほど深く強い。このまま感じ続けたら、自分はどうなってしまうのだろう。

「お、おかしくなる……っ!!　く……っは、ぅん!　ふぁ、う!　お、お願いっ、お願いだから、もう……!!」

強すぎる快感にリゼルは怯えた。許しを請うため、首をねじ曲げ、ヴァルターの顔を見ようとした。しかしその瞬間、えぐり上げるように深く突き入れられた。

「……あああぁーっ!」

ずんっ、と全身に響く衝撃に、背中がそり返る。かと思うと勢いよく引かれ、またえぐられる。蜜孔の奥を掻き回されたら、もうどうにもできない。

「あっ、ぁあっ!　やっ……は、ぁう!!　んんっ、ふ……ぁあう!」

頭を上げて振り返る余裕など、一瞬でなくしてしまった。腰が熱く甘くたぎりたって、溶けそうだ。ベッドに突っ伏し、リゼルは身をよじって喘ぎ続けた。耳を打つのは、自分の甘い声と、荒さを増したヴァルターの息遣いと、濡れた粘膜のこすれ合う淫らな音だけだ。

(どうしよう……こんな、気持ちよくなるなんて……)

自分は、ヴァルターを裏切った罰として、責められているはずだ。それなのに、このままでは快感に溺れてしまいそうだ。深々と貫かれ、掻き回される気持ちよさは、腰を溶かし、脊髄を駆け上がり、脳を灼く。

涙があふれるのは後悔と快感、どちらのせいなのだろう。

「あっ、ひぁ、んっ……あぁぁんっ！　やぁっ、もうだめ……あぁ!!」

腰だけを高く上げた、服従の姿勢で泣きじゃくる。ヴァルターの突き上げがさらに速く、激しくなる。びくびくと、自分の中で牡が震え、大きさを増すのを感じた。

「……くっ……」

無言で責め続けていたヴァルターが、上体を倒し、リゼルの背に覆いかぶさってきた。

(あっ……)

肌が密着する感触に、リゼルは息を呑んだ。汗まみれなのに、自分より体温が低い。

四年前の口づけの時もそうだった。口中に侵入してきた舌は自分より熱かったのに、唇は冷たかった。今も同じだ。体温は低く、それでいて、自分の中で暴れる牡は、灼けるように熱い。

遠い記憶に眩暈《めまい》を覚えた時、ヴァルターが背後から強く抱きしめてきた。固まったリゼルの耳に、声ともいえないようなかすかな囁きが届いた。

「……リゼル……っ」

「！」

ヴァルターの声だ。自分は今、ひそかに慕い続けた人に抱かれている。

（これが……本当のヴァルター様の、愛し方なんだわ……）

四年前のキスと、わずかばかりの性知識から想像していたのとは、次元が違う。背後から抱きしめる腕の力強さ、囁く声、汗のにおい、密着する肌の温度、息遣い。そして逞しく熱い牡に貫かれた、痛みと快感――すべてがリゼルを昂《たか》ぶらせる。

四年前にもし結婚していたら、ヴァルターの愛し方はどうだっただろう。当時もこんなふうに激しく自分を抱いたのか。あるいは苦渋に満ちた四年間が、彼の性格を荒々しく変えてしまったのか。

だがそれを思う余裕は、すぐに奪われた。

「リゼル……俺、は……っ！」

俺は――そのあとに続く言葉はなんだったのか。

呻くような低い声は、リゼルには聞き取れなかった。ヴァルターが根元まで深く深く、突き立ててきた。牡が一気にふくれ上がり、そして、粘る液体を大量にほとばしらせる。

体内へ注ぎ込まれた液の重さと熱さは快感の大波となって、蜜壺からリゼルの全身へと走り抜けた。

「はぁ、うっ……あああぁーっ!!」

一際高い声がほとばしる。神経が燃え上がり、白く灼ける。溶ける。溶けてしまう。

「ぁ、ふ……ぅ……」

気が遠くなり、体の力が抜けた。

ヴァルターが大きく息を吐いたのが聞こえた。自分の体を貫いていたものが、ずるっ……と抜けていく感触に、リゼルは呻いた。背後から抱きしめられていた手を放され、体を支えきれずに突っ伏す。

ヴァルターが身繕《みづくろ》いをする気配がした。

「……っ……」

「後始末は自分でしろ。慣れているだろう。それとも、いつもはあの男に全部してもらっていたのか？　ん、これは……？」

冷たかった声が不審げな響きを帯びた。リゼルは懸命に首を曲げて、背後の様子を見た。ヴァルターは、自分の体を拭いたあとの布を見ているようだ。布が赤く染まっているのが見え、リゼルは引きつった。

（いけない、あれって……!!）

隠し続けた秘密が、ばれてしまう。しかしどうごまかせばいいのかわからない。うろたえて、身動きできずにいるうちに、ヴァルターは身をかがめてリゼルの脚をつかんだ。

「きゃっ!?」

仰向《あおむ》けにひっくり返され、脚を左右に開かれて、リゼルは悲鳴をあげた。ヴァルターが内腿の奥を見ている。慌てて両手を下腹にあてがい、秘裂を隠した。掌に付いた液体は、ヴァルターが自分の中へ残したものだ。粘りと生温かさにリゼルが怯《ひる》む間に、ヴァルターはリゼルの内腿を確認したらしい。

「出血している……どういうことだ？　まさか、初めてのはずはない」

リゼルの体が、不安と羞恥にわななないた。

「や……やめて！」

脚をばたつかせたら、ヴァルターの手はすぐに離れた。体を丸めて下腹を隠そうと努力しつつ、リゼルは叫んだ。

「知らない！　知らないわ、放っておいて！」

「処女のはずはない。俺を残して駆け落ちしたのだから。あの、シュテファンという男と、今までずっと一緒に暮らして……」

しばし考えるそぶりを見せたあと、ヴァルターは自分に言い聞かせる口調で呟いた。

「あの男は長く寝ついていたそうだな。駆け落ちのあと、奴はすぐ病になったのか。そのため看病に明け暮れて、肌を合わせない期間が長かった……そういうことか？」

リゼルはシーツに顔を伏せたまま、返事をしなかった。

「まあいい。どうあろうと、お前が俺を裏切ったことに変わりはない。俺の気が済むまで、ここから出られると思うな。……その体で罪を償え」

ヴァルターが身をひるがえす気配があった。

荒々しい靴音が遠ざかり、やがて扉が閉ざされた。ベッドに突っ伏したまま、リゼルはすすり泣いた。ヴァルターに真実を告げることができるなら、どんなにいいだろう。

（好きだったの……私ずっと、あなたが好きだったのよ。離れている間も、忘れたことなんかなかった）

だからこそ、秘密を明かせない。

心から愛した人との初めての経験が、こうまで心を伴わないものになろうとは——深い悲哀が、リゼルを包んだ。


一方、自室に戻ったヴァルターは、一人で酒を飲み続けていた。普段はあまり飲まないヴァルターが、大ぶりのゴブレットに注いだ強い蒸留酒を、次から次へと空けるので、従者のテオが案じて、「そのくらいでおやめになっては」と諫《いさ》めてきたほどだ。

しかし飲まずにはいられない。

忠実だが世話焼きがすぎるテオを部屋から追い払い、飲み続けた。味などわからない。頭の中には、今日見たリゼルの姿が、渦巻いている。

（なぜだ……なぜ裏切った？　いや……本当に裏切ったのか？）

死んだシュテファンという男を見つめていた瞳には、本物の悲しみがあふれていた。リゼルがあの男を心から大事に思っていたのは、確かなことだ。

オーステン家の使用人達を問いつめたところ、シュテファンは三年前にこのグレーテの街に移り住んできた時からずっと病床にあり、リゼルが看護に当たっていた。それ以前は名高い医者の治療を受けるべく、あちこちの街を転々としていたらしい。

リゼルの看病は献身的で、シュテファンの具合が悪い時には夜も眠らずに付き添って世話をしていたという。

そんな状況では、二人が共寝をすることはなかっただろう。何年も行為を持たなかったとすれば、自分に貫かれて出血してもおかしくはない。それで理屈は通る。しかし先ほどの行為を思い返すと、奇妙な違和感が頭の隅に湧き上がる。

(指を入れただけでもひどく痛がったし、貫くまでは怯えていたように見えた。俺が怒っていたからか？　それともまさか初めてだったのか？　いや、あり得ない。すべてを捨てて駆け落ちしたのに、愛した男と肌を重ねていなかったなど、考えられない)

自分の心に浮かんだ、『愛した男』というフレーズが心を突き刺す。リゼルはいったい、いつからシュテファンと通じていたのだろう。

(俺を愛していると言った。一緒にいられるだけで幸せだと、嬉しそうに笑っていたのに)

同時進行していたのでなければ、結婚式寸前というタイミングで駆け落ちはできない。女というものは、どんなに無邪気に見えても天性の嘘つきなのだろうか。当時はまだ十六才、花ならばまだ蕾ともいうべき、幼さと無邪気さをにじませた少女は、自分に向かって愛していると告げながら、その一方では己の倍ほども年上の男と、二股をかけていた。信じられない――いや、信じたくない。

自分の感情表現は、上手だったとはいえないだろう。それでも真剣に愛していると伝えたつもりだった。自分の言葉はリゼルの心には響かなかったのだろうか。

裏切られて自暴自棄になり、遠征軍に加わって四年間を過ごした。敵に殺されてもいいつもりで、戦っていた。死を恐れぬ戦いぶりと周囲は評したが、そんな立派なものではない。無我夢中で戦っていれば、いやな記憶を忘れていられる。無謀な突撃のあげく死んでも構わない、そう思っていた。

だが結果的には、立てるつもりもなかった戦功を立ててしまい、国王に気に入られた。自暴自棄の自分を拾い上げ、包み隠さず話した過去を明るく笑い飛ばしてくれた国王には、深く恩義を感じている。新しい姓と爵位と、領地まで与えてくれた。

国王の言葉に従い、リゼルのことなど忘れて心機一転、新しく生き直そうとした。だがその地で、よりによって当人に出会おうとは――。

(忘れられなかった……俺はただ、忘れたつもりでいただけだった)

一目でわかった。

四年の間に、可憐な少女から美しい女性へと成長していたけれど、見間違うはずもなかった。リゼルだと気づいた瞬間、胸に湧き上がった思いを、どう表現すればいいのだろう。憎しみか、怒りか。

ただ一つ、自分でもはっきりわかったのは、渇望だ。

リゼルがほしかった。するりと自分の手を抜けて、消え失せた婚約者を、思いがけない場所で見つけたのだ。何としても取り戻したかった。リゼルを忘れたつもりでいたけれど、そうではなく、ただ思い出さないようにしていただけなのだと、はっきりわかった。

誰とどこに住んでいるのかを調べさせ、富裕な商人の屋敷で愛人として暮らしていると知った時は、嫉妬《しっと》で全身が焼けただれそうだった。

取り戻すことしか頭になかった。

今思えば、任命されたばかりの領主が、商人の屋敷へ乗り込んで女を奪ってくるなど、暴虐な支配者だと名乗りを上げるに等しい。あり得ない行動だ。だがあの時は、理屈も道理も頭から飛んでいた。

屋敷に乗り込んでみると、主は今息を引き取ったばかりという様子だった。一瞬、気を削《そ》がれそうになったけれど、乱入してきた自分たちの前に立ち塞がり、厳粛であるべき看取りの場を荒らしたことを非難するリゼルを見ると、怒りが再燃した。

（……怒り？　いや、違う。あれは嫉妬だ）

死んだあとまで庇われる男が妬ましかった。脅迫まがいにリゼルを連れ帰ったのは、シュテファンから引き離したかったからだ。取り戻して、妻にしたいと思っていた。だがそれは、かなわぬことだった。

（お前はそんなに、シュテファンという男を愛していたんだな。俺に心を向けることなど、いえ、ずっと愛人扱いだったらしいと知って、心の中で怒りを燃やしていたのだ。自分が心から愛した女を、正妻にしないとはどういうつもりなのか、リゼルを軽く見ているのか、自分ならそんな真似はしない。考えれば考えるほど、腹立たしさが増した。

けれどもそれは思い違いだったらしい。きっと、妻にされず愛人扱いでも構わないほど、リゼルはシュテファンを愛していたのだろう。プロポーズしたところで断られるに決まっている。そんな惨めな真似はできない。

心が手に入らないなら身体だけでも、自分のものにしてしまおうか。どうせリゼルは四年前の駆け落ちを気に病んで、『償うためには何でもする』と言っているのだから――そんなふうに思い始めた時、リゼルがシュテファンを庇うのを目《ま》の当たりにした。

己を抑えきれなくなり、強引に抱いた。

そうしてリゼルの身体は手に入れたものの、少しも気は晴れない。

(……本当にリゼルは、シュテファンという男と通じていたのか？)

蜜孔はきわめて狭かったうえ、出血までしていた。初めてリゼルを抱いたことで、我ながら焦っていたため、処女膜を破る感触があったかどうかはわからない。

戦陣の街で、金のためと割り切った様子の商売女しか、相手にしたことがなかった。素人《しろう》人《と》臭さがわずかでも残っている女だと、抱く気になれなかった。リゼルに裏切られた経験から、笑顔の裏では自分を笑いものにしているのではないかと、疑わずにいられなかったからだ。事務的な態度で「前払いだよ」と言うような女の方が、ずっとましだった。

今まで処女を抱いた経験がないため、リゼルがどうだったのか、判断できない。駆け落ちした女が、貞操を守り続けていたはずはないと思う一方、もしかしたらと期待する気持ちもある。

(馬鹿げている。リゼルが処女で、駆け落ちは嘘だったと思いたいのか？　本当に俺を愛していて、失踪したのには何か事情があるのだと……まだそう考えたがっているのか。死んだあとまで庇うほど、リゼルはあの男を愛しているのに)

それでも自分は、リゼルがほしい。身体を夜ごとつなげていれば、いつかは心がつながることもあるのだろうか。

(裏切られて逃げられて……それでも心を囚われているのか、俺は)

愚かさと未練がましさを自分で嗤い、ヴァルターはまた酒杯を煽った。

3　鏡に映る本心

翌日リゼルが目を覚ました時には、窓から差し込む陽光で、室内はすっかり明るくなっていた。

（やだっ、こんな時間……!!）

跳ね起きたら、腰の奥がずきっと痛んだ。まだ秘裂の奥に何かが挟まっているような、圧迫感がある。見慣れない部屋の中を見回して、思い出した。

（そうだったわ……私、昨日、ヴァルター様に……）

自分はヴァルターに拉致《らち》同然にここへ連れてこられて、強引に抱かれた。普通なら、心が乱れて眠ることなどできないだろう。それなのに自分ときたら、体を拭ったあと寝台に倒れ込んで、気が遠くなって、そのまま眠ってしまったのだ。

確かにこのところ、シュテファンの看病に明け暮れて、慢性的な睡眠不足に陥ってはいたけれど——そこまで考えて、思い出した。

（いけない！　今日はお葬式のはずなのに……!!）

シュテファンの亡骸《なきがら》を教会へ運んで弔《とむら》い、付属の墓地へ埋葬するのは、今日のはずだ。

日差しの具合からすると、もうすぐ昼だろう。今までのうのうと寝ていた自分が情けないし、恥ずかしい。

（埋葬に行かせてもらえるかしら。最後の機会だもの、許してほしい……）

今日の埋葬に立ち合えなかったら、二度とシュテファンの顔を見ることはできない。きちんと別れを告げて心の整理をしたい。

櫃《ひつ》の中を見ると、ドレスや下着、ストッキングまで、当座の生活に必要な着替えがすべて用意されていた。黒絹のシンプルなドレスを選んで身につけ、小卓の上に載っているベルを鳴らした。ややあって、年配の侍女が朝食を持って現れたので、自分が会いたがっていることをヴァルターに伝えてくれるよう頼んだ。

ヴァルターが部屋へ来たのは、小半刻ほど過ぎた頃だった。

「何の用だ？　今日は石切場の視察に行く予定だ、手短に言え」

部屋の奥まで入ってこようとはせず、ドアのすぐ前に腕組みをして立ち、冷たい声をリゼルに投げかけてくる。遠くからでは話がしづらい。ベッドに座っていたリゼルは、慌てて下りて、ヴァルターの前へ行こうとした。

「あっ……」

足がもつれて、よろめいた。

「！」

つんのめって転びかけたリゼルの元へ、素早くヴァルターが駆け寄ってきた。伸ばされた力強い腕がリゼルをしっかりと支える。

ハッとして顔を上げたら、目が合った。

昨夜、自分を責めた時の表情とはまるで違っていた。蔑《さげず》みも、憎しみも感じ取れなかった。大きく見開かれた瞳に浮かんでいたのは、純粋に案じる気配だ。

（ヴァルター様……？）

自分が転ぼうが倒れようが、放っておけばいいはずなのに、なぜ心配してくれるのだろう。

けれどもヴァルターがすぐに視線を逸らしてしまったため、尋ねるタイミングを失った。

乱暴なほどの力でリゼルを突きのけ、ヴァルターが言う。

「ちゃんと歩け。余計な手間をかけさせるな。それで、用件は何だ」

声も表情も冷たい。心配してくれたと思ったのは、錯覚だったのだろうか。怯《ひる》んでうなだれたリゼルの耳に、低くかすれた声が届いた。

「昨夜のことを責めたいのか」

「……っ……」

そんなつもりはない。ヴァルターが自分の裏切りに対して憤《いきどお》るのは当然だ。それより今は、もっと別に頼まねばならないことがある。

「そうじゃありません。お願いがあるんです。……教会へ行かせてほしいの」

「なんだと」

表情をこわばらせたヴァルターの前にひざまずき、リゼルは懇願した。

「今日が葬儀のはずなんです。埋葬が済めばすぐに戻ってきます。いえ、教会で、最後のお別れをさせてくれるだけでいいの。お願い、これさえ叶えてくれたら、あとは何でも言うことを聞きます。だから最後のお別れだけは……!!」

感情が高ぶりすぎて言葉が出てこなくなった。リゼルは頭《こうべ》を深く垂れてヴァルターの返事を待った。だが頭上から降ってきた声は、氷よりも冷ややかだった。

「教会へ行きたいだと？　あの時来なかったお前が、そう言うのか」

驚いて顔を上げ、リゼルは硬直した。石膏の面のようにこわばったヴァルターの顔の中、瞳だけが、青白い炎を噴き上げている。

「四年前は来なかったな」

「あ……」

「四年前、俺は教会でお前が来るのを待っていた。もう来るか、今来るか、きっと来てくれる……そう自分に言い聞かせて待っていた」

歯の間から押し出すような声は、怒りに満ちてかすれている。返事ができずにリゼルは喘いだ。

「あの時の間抜けな俺は、裏切られるとは思ってもみなかった。婚礼に来るのが遅れているだけだ、急な病気にでもなったか、あるいは馬車の事故で来られないのか……とにかくお前の身に何かあったに違いないと、馬鹿げた心配をして、いても立ってもいられなかったんだ。……お笑いぐさだ」

リゼルの胸が、太い鉄の針を刺されたように痛む。怒りに吊り上がったヴァルターの眼の奥に、かすかな、けれど確かな哀しみの色を認めたせいだ。言葉が見つからない。

ヴァルターの糾弾は続いている。

「そのお前が、愛人の葬儀のために教会へ行きたいだと？　昨日、『どんな処罰を受けても仕方がないような、罪深いことをした』と言ったその口で、最後の別れだけはさせてくれと言うのか。ずいぶん都合のいい話だ」

「ち、違うの。それは……」

「黙れ！」

かすれ声から一転、空気が震えるような大声でヴァルターがどなった。リゼルの腕を鷲づかみにして、引き起こす。

「葬儀に出ることなど許すものか！　あの男が生きている間ずっと俺を裏切り続けたんだ、死んだあとまで会わせてたまるか‼　来い！」

ヴァルターはリゼルを引きずって、部屋の奥へ歩いた。投げつけるように、リゼルを寝台へ放り出す。

横向きに倒れたリゼルは、身を起こしてヴァルターを見上げた。青灰色の瞳の奥に、たぎりたっているのは怒りだろうか。昨日、自分を強引に抱いた時と同じ眼だ。タイをほどいて襟元をゆるめるヴァルターの姿が、まだ生々しい昨夜の記憶に重なる。

また自分を抱く気だろうか。

「ま、待って。まさか、こんな、日が高いうちから……？」

リゼルは寝台の上を後ずさった。陽光の下で痴態を晒すのは耐えられない。

「やめて……やめてください。本気じゃないでしょう？　こんな、真っ昼間に……」

「真っ昼間だからなんだ、人並みに恥ずかしいとでも言うつもりか。許婚《いいなずけ》を捨てて、妻のいる男と駆け落ちした、恥知らずのくせに」

「……」

返す言葉がなく、リゼルはただ後ずさった。けれど背中がベッドヘッドに当たり、逃げ場がなくなった。ヴァルターが脱いだシャツを放り出す。本気なのだ。

「いやぁ……っ!!」

逃れようと身をひるがえしたリゼルは、勢い余って寝台から落ちた。

「あうっ！　く……」

強く腰を打った。痛みに一瞬息が止まる。苦痛の呻きをこぼしつつ、片手をついて上体を起こした。だがその時には、寝台の裾を回ってきたヴァルターが、目の前に立ちはだかっている。壁と寝台に挟まれた隙間に転がり落ちたため、逃げ場がない。

ヴァルターが一歩踏み込み、へたり込んだままのリゼルに向かって手を伸ばした。助け起こすためではなかった。怒りに眉を吊り上げたまま、ドレスの襟元を両手でつかみ、一気に引き裂いた。

「きゃあああぁっ！」

黒絹のドレスと一緒に、下に着ていたスリップまで裂けた。生地の破れる高音と、胸元に空気が直接触れる感触に怯え、リゼルの口から悲鳴がほとばしる。

「やっ、いやぁ！　やめて、待って、お願い……‼」

両腕で胸元を隠し、必死にあとずさる。だが一歩で距離を詰められてしまう。

「黒い服を選んだのは、死んだ男の喪に服すためか？　それほど奴を愛していたのなら、なぜ四年前にそう言わなかった」

低く抑えた声が、怒りの深さを窺わせる。眉間に皺を寄せた顔は青ざめていた。

「どうして俺に好きだとか、一緒にいられるだけで嬉しいなどとでたらめを言ったんだ。無邪気な笑顔であんな嘘をついて、俺を欺《あざむ》いて……そのあげく、俺ではなく奴を選び、結婚式をすっぽかして駆け落ちした」

「……」

「そして今度は、『何でも言うことを聞くから、葬儀にだけは行かせて』だと？　奴が死んだあとでさえ、俺よりも奴を選ぶのか」

「違うの、そうじゃなくて……きゃあっ⁉」

ヴァルターが覆いかぶさってきた。

このまま床の上で、しかも陽光が差し込む真っ昼間に抱かれるのは、恥ずかしすぎる。リゼルは手足をばたつかせ身をよじって抵抗した。けれども男の力にはかなわない。サッシュがほどかれ、ドレスの前が裾近くまで引き裂かれた。

胸当てがずれて、両の乳房があらわになった。

「あぁっ……!!」

リゼルの体が羞恥にほてる。昨夜ヴァルターに抱かれて、胸を見られ、触れられたのだけれど、陽光の下で男の目にふくらみを晒す恥ずかしさは、また別物だ。

だがその時、ドアがノックされた。

ハッとしてリゼルは固まった。ヴァルターも動きを止め、首を捻《ひね》ってドアの方に視線を向けた。

「なんだ!?　何か用か！」

「そろそろお出かけの時刻です、公爵。馬車の準備が整いました」

テオの声だ。リゼルは大きく息を吐いた。そういえばヴァルターはこのあと、石切場の視察に行くと言っていた。

これで、明るい陽光の下で肌を晒すという、背徳的な行為をしないで済む。ホッとしてリゼルは体の力を抜いた。だがヴァルターは舌打ちをし、ドアの外に向かって叫んだ。

「今日の視察は中止だ。延期する」

思いがけない言葉にリゼルの体がこわばった。決まっていた予定を反故《ほご》にしてでも、ヴァルターは今この場で自分を抱き、思い知らせるつもりなのだ。

呼びに来たテオも焦《あせ》ったらしい。

「しかし、公爵！　今日、おいでになりませんと、明日も明後日《あさって》も予定が……」

「中止と言っている！　下がれ‼」

ヴァルターにどなられ、テオは「失礼しました」という一言を残して去っていった。ドアからリゼルに視線を戻したヴァルターは、明らかに怒った表情だ。

「俺が出ていくと思って、ホッとしていたな」

「そ、そんな……」

「ごまかすな。顔にはっきり出ていた。これで抱かれずに済むし、主《あるじ》が留守なら使用人に頼み込んで、教会に行けると考えたんだろう。……あいにくだったな。お前はここにいるんだ。埋葬だろうが何だろうが、あの男のところへなど行かせてたまるか。絶対に、行かせない……‼」

リゼルを押さえつけて宣告するうち、感情が激してきたのか、ヴァルターの口調が荒くなる。怒りに青ざめた顔の中、傷が白く浮き上がり、窓からの日差しを受けて光った。

「いやっ……！」

裂けたドレスの前を押さえて跳ね起き、リゼルはヴァルターの横をすり抜けて逃れようとした。

「待て！」

肩に手をかけられた。振り払ったけれど、裾近くまで大きく破られていたドレスが、後ろに引かれて、脱げ落ちる。

「……っ！」

　ドレスが脚にからまり、リゼルはバランスを崩して、前のめりに倒れ込んだ。ベッドの柱につかまらなければ、床に転んでいただろう。そして、

「どこへ逃げる気だ？」

　冷ややかな声を投げかけ、ヴァルターが背後からリゼルの腕をつかまえた。指が食い込む。苦痛にリゼルが悲鳴をこぼすと、手の力はゆるんだけれども、放してはくれない。

「いい格好だな、リゼル。裸同然で寝台の柱にすがって、尻を突き出して……誘っているようにしか見えないぞ」

「ち、違うわ、そんな……きゃあっ!?」

　ドレスも肌着も足元にわだかまって、肌を隠す役には立たない。肌を覆い隠すのは、ガーターベルトと靴下、そして薄い絹のショーツ一枚きりだ。その一枚も、サイドの紐をほどかれ、簡単にむしり取られてしまった。

「やっ！　だめぇっ……!!」

　太腿の半ばまでを覆う絹靴下とガーターだけは残っているけれど、これでは恥ずかしい場所が隠せない。羞恥のあまり床にへたり込みそうになったが、ヴァルターに肩をつかまれ、阻止された。

「動くな。そのまま柱につかまっていろ」

　ばさばさと荒っぽく衣服を脱ぐ音のあと、背後から抱きすくめられた。背中に広い胸が

密着する。

（え……ま、まさか、立ったままで？　そんな……）

洗濯女や料理女達のあけすけな話を漏れ聞いただけの、貧弱な性知識しかリゼルは持っていない。それでも『床入り』とか『ベッドで』、『布団の上で』などという言葉から、男女の行為は寝台でするものだとばかり思っていた。

明るい真昼という羞恥に、あり得ない体勢での行為という驚愕が加わり、全身から汗が噴き出した。鼓動が激しすぎて、胸が破れそうだ。ヴァルターの腕を振りほどこうともがいたけれど、力でかなうわけはない。

リゼルのうなじを冷たい唇が這った。

「……ひぁんっ!?」

首筋にキスをされている。唇は冷たいのに、ヴァルターに強く吸われると、その部分の素肌が燃えるように熱くほてる。そのほてった場所を舌で軽く舐められたら、むずむずとくすぐったくて、身をよじらずにはいられない。

「あっ、ぁ、あぅ……んっ」

前に回った右手が、すくい上げるようにリゼルの胸をとらえた。全体をやわやわと揉みたてたあと、指の間で乳首を挟んだ。押しつぶすように、きゅっと力を入れてリゼルをのけぞらせてから、一転して、優しくつまむ。緩急を効かせた責めにあい、乳首はすぐに硬く尖ってしまった。

「気持ちいいのか？　これだけで感じて、よがり泣いて……それとも、シュテファンのために泣いているとでもいう気か？」

「やっ、そんな……ぁ、はぅっ！」

冷笑され、リゼルは首を横に振った。けれど答える声は心とは逆に、甘くとろける。昨夜と同じように、体の芯が熱くたぎり始める。

（違うの、こんなやり方はいやなの……恥ずかしい、のに……）

恥ずかしい。けれど自分を愛撫しているのは、ずっと愛し続けてきた人だ。

物静かな青年だった昔とは、ずいぶん変わってしまったけれど、思い返せばあの頃も、心の奥深くには熱い炎を秘めた人だった。リゼルの名誉を守るため、持ち慣れない剣を手に決闘してくれたこともあった。当時は包み隠していた荒々しく激しい性格が、四年の月日を経て、表に現れてきたのかも知れない。

そのヴァルターがしていることだと思うと、明るい部屋で立ったままの行為という背徳感が、熱っぽい興奮に変わって、リゼルの体を溶かし始める。

（どうしよう……恥ずかしいのに、気持ちよくて……）

汗で密着した背中も、揉みしだかれる胸も、熱く硬いものが押しつけられた尻も――あらゆる場所が、快感を脳に伝えてくる。気持ちいい。けれど、最初は拒否していたくせに、こんなにも感じている自分が恥ずかしくて、居たたまれない。

「いや……いやぁ……」

「いやなわけがないだろう。こんなに硬く尖らせているくせに」

「ひゃうっ!?」

乳首を強くつままれた。押しつぶすつもりかと疑うほどの力を指先に込めて、ヴァルターはリゼルの乳首をこね回す。

「痛いっ、やめて……!!」

「本当にやめてほしいのか？　お前は嘘つきだから、信用できない」

ヴァルターの声とともに、腿の間に脚が割り込んでくる。

「はうっ！　ん、んっ……」

思わずこぼれた喘ぎを耐えようと、口を引き結んだ。けれど胸のふくらみを包み込むようにとらえられて、指の間で乳首を挟んで優しく揉まれるのが、気持ちよくてたまらない。

「簡単に勃つんだな、この淫乱な乳首は」

「いやっ、言わないで！　そんな……あぅ!?　ひぁんっ！」

嘲笑されて、懸命に反論しようとした。けれどその瞬間を狙ったように、うなじを舐められた。くすぐったさに、甘い悲鳴がこぼれる。もう一度口をつぐもうとしたが、だめだった。乳首をいじる手の動きは止まらないし、腿の間に差し込まれた脚が微妙に動いて、敏感な内腿の皮膚を刺激してくる。

気持ちよくて、蜜がにじんでしまう。どうすれば体の反応を止められるのだろう。淫乱と嘲《あざけ》られて、それでもなおリゼルの意志とは関係なく、弄《もてあそ》ばれる乳首は硬く尖り、体の奥からは蜜がにじみ始めている。こんなふうでは淫らな女と思われても仕方がない。

だがヴァルターに、そんなふうに思われるのはいやだった。

「やぁっ、だめぇ……違うのぉ……っ！　ぁふぅっ、ん……!!」

「何が違うんだ？」

「違……淫乱なんか、じゃ……」

「嘘をつくな」

片手がリゼルの下腹をすべり降り、秘裂に触れた。蕾《つぼみ》を軽く撫でてリゼルの体を跳ねさせたあと、花弁の合わせ目をつうっとなぞった。その指をヴァルターが、リゼルの顔の前へ突きつけてくる。指には透明な蜜がまとわりついて、光っていた。

「淫乱じゃないのなら、なぜこんなに濡れるんだ。ほんの少しいじっただけなのに」

「だ、だって、あなたが……っ！」

「俺にいじられているから、感じているとでもいうのか」

せせら笑う口調だった。けれどその声音の底に、別の感情がにじんでいる気がして、リゼルは違和感を覚えた。悪意ではない。期待や渇望に近い。

（なぜなの？　まるで、そうだったらいいって、思ってるみたいな……なぜ？）

自分が反応しているのは淫乱だからではなく、ヴァルターの愛撫だからこそ感じているのならばいい、そう期待しているかのような響きだった。それにさっきは必要以上に『あの男の元へは行かせない。死んだあとまで会わせてたまるか』と宣言した。

もしやヴァルターは、シュテファンに嫉妬《しっと》しているのだろうか。そして嫉妬する原因は、彼が自分に少しでも思いを寄せてくれているからではないのか。

（まさか、そんな……そんなことがあるはずないわ）

自分に都合のいい夢を見てはだめだと、リゼルは心の中で己を戒《いまし》めた。その戒めを裏付けるかのような乱暴さで、ヴァルターが指をリゼルの口へ押し込んでくる。

「……っ！」

濡れた指が、口蓋《こうがい》をこすり、舌をつまむ。かすかな酸味と塩味が舌にからんだ。自分の蜜だろうか。これほど背徳的な行為はあるまい。だがそれが、今のリゼルには不思議と甘美に思えた。ヴァルターの指に、上も下も掻き回され、探られている。全身を支配されているかのようだ。

「ん、むぅ……ぅ、ううっ」

倒錯した興奮を煽られ、リゼルはヴァルターの指に自分から舌をからませた。舐めるだけでなく、甘噛みし、吸う。ちゅぷ、ぴちゃ、と濡れた音が鳴った。

「うっ……」

たじろいだような声をこぼし、ヴァルターが指を引き抜いた。

「自分から舐め回すか。好き者め」

罵《ののし》っておいて、指を再びリゼルの下腹へすべらせる。さっきはごく浅くなぞっただけだったが、今度は肉の合わせ目からさらに奥へ、深く侵入してきた。

「上の口よりこっちの方が嬉しいだろう。ここか？　それともこっちの方が感じるのか」

「あっ、ぁあっ……ぅ……」

リゼルの腰ががくがくと震えた。

鉤型《かぎがた》に曲げた指が、蜜孔の奥を掻き回している。それだけでなく、親指が時々、敏感な蕾を叩いたり撫でたりして責めてくる。

（何、これっ……こんなに、感じるなんて……っ）

昨夜、ヴァルターによって処女を奪われたばかりだ。あの時も、最初はつらかったけれど、抱かれているうちに痛みや圧迫感は薄れ、快感を覚え始めた。そして今日は指を入れられるなり、快感に身悶えている。蜜があふれて止まらない。

（だめ……これ以上濡れたら、ヴァルター様に、ますます淫乱だって思われる。軽蔑されてしまうのに……）

そう己を戒めれば戒めるほど、自分を抱きすくめて指で責めているのが、他の誰でもないヴァルターだということが強く意識される。尻に当たる牡《おす》は、一層猛々しさを増し、熱く硬い。今は指で責められているけれど、昨夜のようにヴァルターの牡が、自分の中に入ってきたら――想像しただけで、腰が疼く。

ずっと看病してきた愛する人が死んだその日に、こんなふうに抱かれて感じているのは、不謹慎なことだとわかっている。けれどヴァルターの愛撫だと思うと、昂《たか》ぶりをこらえきれない。どうしようもなく感じてしまう。

「濃いのが出てきたな。そんなに気持ちいいか？」

「……っ……」

もう一度顔の前に差し出されたヴァルターの指には、白っぽい半透明の液がまとわりついている。

（……これは、裏切りの罰？）

自分の蜜を見せつけられる――普通に考えれば、屈辱だ。けれど今の自分は、愛している人に罰されるという、背徳的な興奮に酔っている。

（もっと罰して。あなたの気が済むまで……）

ヴァルターの大きな手ががっちりと腰を捕らえた。

「もういい。下の口がこれだけ濡れれば、充分だろう」

熱く硬い牡が、リゼルの秘裂にあてがわれる。

「あっ……はぅうっ！」

一気にねじ込まれ、リゼルは顎をそらして悲鳴をあげた。あふれる蜜が潤滑液の役目を果たしているせいか、昨日ほどの苦痛はないけれど、圧迫感は大きい。押し広げられた粘膜が引きつって、裂けそうだ。ついつい歯を食いしばってしまう。

「息を詰めるな」

「ん……はぁ、う……」

昨日も息を吐くよう言われたことを思い出し、リゼルはゆっくりと息を吐いた。体の力が抜けると、牡がさらに深く入ってくる。

「やっ……きつ、い……」

体の力を抜くのにも、限度がある。ヴァルターの牡は逞しすぎて、寝台の柱につかまっていても、侵入の勢いで前のめりに倒れてしまいそうだ。

顔を上げ、柱にしっかりつかまろうとして、

「……っ⁉」

リゼルは息を飲んだ。

視界の端に、人の姿が映ったのだ。

(だ、誰⁉)

部屋には自分とヴァルター二人きりのはずだった。いつの間に人が入ってきたのか、そしてこんな痴態を見られるなど、恥ずかしすぎる。あっていいことではない。

リゼルは人影から顔を背けて固く目を閉じ、身をよじってもがいた。

「……いやぁっ！　お願い、見ないで、部屋から出ていってぇ‼」

「な……どうした⁉」

不意に激しく抵抗し始めたリゼルに、ヴァルターが驚いた声をこぼす。しかしリゼルをつかまえた腕はそのままだ。放してはくれない。

リゼルは必死に訴えた。

「あ、あそこに、誰か……こっちを、見ていて」

懸命の訴えを聞いたヴァルターが、馬鹿馬鹿しいと言いたげに鼻を鳴らす。背後から手を回してリゼルの顎をつかんだ。

「何を言っている。よく見てみろ。こんな時に他人を部屋に入れるか」

「え……」

強い口調で命じられ、リゼルはおそるおそるまぶたを開き、人影の方に目を向けた。全裸に近い姿で寝台の柱にすがる女と、その背後にいる逞しい男――あれは、鏡だ。

壁の大鏡に、自分とヴァルターが映っている。

他人に見られていたわけではなかった。その点、少しだけホッとしたけれど、

(いやっ……わ、私、こんな格好で、こんな顔で……!!)

顔が燃え上がるように熱くなり、脇や背中にいやな汗がにじむ。昼間に抱かれるという恥ずかしさは諦めるしかないけれど、せめて鏡に映らないように場所を移してほしい。

「お願い、ここじゃなく、ベッドへ……。鏡は……鏡は、いや……」

「今さら何を。どうせならもっと近くで、自分がどういう状態か見てみろ」

「きゃあぁっ!?」

柱を握っていた手をつかまれ、引き剝がされた。つかみなおす間もなく、脇と腿に手をかけて体を持ち上げられる。足元にまとわりついていたドレスが、完全に脱げた。ヴァルターは、悲鳴をあげるリゼルを背後から抱きかかえて、鏡に向かって歩いた。逞しい牡は、自分の中に深々と押し入ったままだ。

腕を伸ばせば鏡に届くほどの近さまで来て、ヴァルターはリゼルの体を下ろした。けれども牡を抜こうとはしないし、脇に回した腕もそのままだ。

「あぁっ……やめてっ！　こんな、恥ずかしい……‼」

寝台の柱につかまって体を支えていた時は、上体を倒した前のめりの格好だったし、鏡とは距離があったので、秘所ははっきりとは映らなかった。けれど今は、自分の背中がヴァルターの胸に密着するまで体を引き起こされているし、何よりも鏡が近すぎる。自分の胸元を伝い落ちる汗の雫や、乱れて肩にかかった髪まで、はっきり映っていた。もちろん胸のふくらみも、硬く尖った乳首も、髪と同じ淡い金色の恥毛も、すべて見える。

恥ずかしすぎて、とてもまともに見てはいられない。

顔を背けて目を閉じた。だが視覚を封じれば、濡れた肉のこすれる音や、自分の喘ぎ、ヴァルターの荒い息遣いが耳をつく。ぬちゅっ、じゅぷっ、と鳴る秘裂の音は、居たたまれないほど淫靡《いんび》だ。

（やだ、どうして……？　こんなに恥ずかしいのに、気持ちいいなんて……）

いやらしく濡れた音が、リゼルの脳を甘く切なく痺れさせる。昨夜の行為より、明らかに快感は深い。なぜだろう。今日は、処女を引き裂かれた苦痛がないせいだろうか。

「あっ、ぁあう！　は、ぅんっ……お、お願い、許してぇ……っ」

懇願したけれど、ヴァルターが手を放してくれることはない。リゼルの体を抱きかかえ、容赦なく突き上げてくる。浅く、深く、入り口をこすり立てるように、あるいは下から深

くえぐるように――。

「ひぁっ、ぁ、はぅ！　やぁっ……それ、だめぇ……っ」

喘ぐ声を、止められない。

「恥ずかしいなどと言って、本当は興奮しているんじゃないのか？　商売女でも、そんなに激しい腰の振り方はしないぞ」

「ち、違……!!」

自分は、鏡の前で責められる恥辱から逃れようと、もがいているだけだ。けれども言われてみて気づいた。激しく身をよじるたび、ヴァルターの牡の当たり具合が変わる。それが、昨日の行為より一段と深い快感を呼び起こすのだ。

「あぅっ、ふ……ぁ……」

よがり泣くリゼルの耳元に、ヴァルターが熱い息を吹き込み、囁いてきた。

「感じているんだろう。気持ちいい、嬉しいと言え」

「あぁっ、そこはだめ……!!」

自分でも、こんなことはいけないと思う。ずっと一緒に暮らしてきたシュテファンの弔《とむら》いの日に、快感に浸ってよがり泣いているなど、許されるはずはないのだ。

だが快感を止められない。

ヴァルターは牡で蜜孔を責めるだけでなく、前に回した手で乳首をつまんでこね回し、うなじから耳元まで舐め上げてくる。

「はぁっ、う……んんっ……だめ、だめぇ……」

「気持ちいいのか。俺に抱かれて、悦《よろこ》んでいるのか」

「違、う……違うのぉ……」

「何が違う」

ヴァルターの声に苛立ちの気配が混じる。

「今の自分をよく見てみろ」

「ひ……!!」

左腿に手をかけられ、水平になるまで持ち上げられた。片足立ちにされてバランスを崩し、前のめりに倒れかけたが、脇に手をかけられて引き戻された。

鏡には、牡に貫かれ、蜜を垂らしている秘所が、まともに映っている。

「葬儀に行きたいなんて嘘だろう。今のお前は、奴のことなど考えてもいない。だから今、俺に抱かれて、感じているんだ。……この格好を、よく目に焼き付けておけ」

「やめ、て……言わ、ないでぇ！　あ、ぁああ!!」

むき出しの秘所も、胸も、何もかもが恥ずかしい。けれどそれ以上に、鏡に映った自分の顔が、淫らすぎて正視できない。

頬を上気させ、汗まみれの額にほつれた髪を貼り付かせ、半開きの口からは喘ぎだけでなく唾液までがこぼれている。瞳は霞《かすみ》がかかったようにぼんやりして、突き上げられるたび、涙をにじませた。

恥知らずな姿なのは間違いない。けれどヴァルターは間違えている。

(愛してる……ずっとあなたを愛してたのよ、四年前も、今も)

ヴァルターに責められ、罰を受けていると思うと、胸が熱く高鳴る。不謹慎なのはわかっているけれど、罪悪感と背徳感は、強力なスパイスとなってリゼルを昂ぶらせた。こんなことで感じる自分は、彼の言うとおり、淫乱なのかも知れない。

「ごめ……な、さい……」

喘ぎの合間にこぼれた謝罪の言葉は、誰に向けたものだったのか。埋葬されているであろうシュテファンか、それともヴァルターか。自分でもわからない。リゼルは顔を上げて、鏡に映った自分達を見た。彼は今、どんな気持ちで自分を責めているのだろう。怒りか、憎しみか、それとも蔑みか。しかし——。

(えっ……?)

リゼルは二度三度と瞬《まばた》きをした。

鏡の中のヴァルターは眉間に縦皺を寄せ、唇を歪め、瞳を翳らせた、ひどく苦しげな表情だった。青灰色の眼に浮かんでいるのは、怒りでも蔑みでもない。悲哀と苦痛——そう呼ぶのが、一番ふさわしい、暗い気配だった。

罰を受けているはずの自分よりも、責める彼の方が苦しんでいるかのようだ。

快感に溶けていた意識が呼び戻される。

(どうして？　なぜあなたがこんな、つらそうな顔をするの？)

身をこわばらせたリゼルの視線を追い、自分の顔を見られていると気づいたらしい。ヴァルターがハッとしたように動きを止めた。頰の傷痕がひくつく。一瞬にして表情が変わり、眼差しに怒りの色が宿ったけれど、リゼルには、見られていると気づき慌てて表情を取り繕《とつくろ》ったようにしか見えなかった。

「……くっ！」

低く呻いて、ヴァルターはリゼルを貫いたまま、二歩横へ移動した。リゼルは大きく息を吐いた。目の前が壁になり、もう自分達の姿は映らない。

ホッとしたけれど、ヴァルターのつらそうな瞳が脳裏に焼き付いて消えない。位置をずらしたのも、表情をリゼルに見られまいという意図だろう。もしかしたら蔑みや憎しみは演技で、たまたま見てしまった苦しげな眼差しこそが、ヴァルターの本心なのか。

（私をいたぶっている時に、どうしてあなたが苦しむの……？）

しかしそれ以上考えることはできなかった。

「壁に手をつけ」

そう命じて、ヴァルターが突き上げを速めたのだ。

「くはっ、ぁ、ああっ！　待っ……激し、すぎ……!!　ひっ、ぁ、あぅ！」

リゼルは髪を振り乱し、途切れ途切れの悲鳴をこぼした。自分の中で、牡がびくびくと震えて、大きさを増していく。浅く敏感な場所をこすられた時は、腰が溶けそうなほど気持ちいい。深々と突き入れられ、蜜孔の一番奥を硬い先端で叩かれると、背中から脳まで電流が走り抜け、神経を甘く熱く焼き尽くす。

「やっ……だめぇ、溶けちゃ、ぅ……!!」

身体も意識も、甘く痺れる熱にとろけていく。荒々しく突き上げながら、ヴァルターがかすれた声と熱い吐息を耳に吹き込んできた。

「はらめ。俺の子を生め、リゼル」

「……っ……」

リゼルの心臓が大きく跳ねた。

(子供？　私が、ヴァルター様の子供を、生む……？)

どういう意味なのだろう。自分に子を生めと命じる意図は何なのか。普通ならば、男女が結婚して子をなすのは、愛情で結ばれた家庭を作るためだ。けれども今のヴァルターと自分の関係で、それはあり得ない。

(復讐のため……？)

そんな考えが頭をよぎる。復讐にはただ身体を奪うだけでは不充分で、もっと完全にリゼルを支配する手段として、子供を生ませようとでも考えたのだろうか。ありそうな気がする。

ヴァルターの子供はほしい。けれど——こんな理由ではいやだ。復讐の道具として身ごもるなど、赤ん坊が可哀想すぎる。

だがもうそれ以上、筋道立てて考えることはできなかった。

快感が、思考力を溶かしていく。

「あ、あ、ぁあぅ……はぁんっ！　もう、だめ……ぁ、あああぁ……!!」

「うぅ……っ！」

リゼルがのけぞって叫ぶのに一拍遅れ、ヴァルターが身を震わせた。

どろどろの熱い液が、リゼルの中へ大量に注ぎ込まれる。ヴァルターが大きく息を吐き、背中にもたれかかってきた。

自分より拳《こぶし》二つ分背が高く、逞しいヴァルターの体は重い。

それでも彼が自分に体重を預けてきてくれたことが、嬉しかった。四年前に戻って、なんの翳《かげ》りもない素直な気持ちで愛し合った、そんな気がした。

だがしょせんそれは錯覚にすぎない。

ヴァルターが体を起こし、蔑みの混じった口調で言った。

「派手にイったな。あの男の葬儀のことなど、忘れ果てていたんじゃないのか？」

「あ……」

リゼルの胸に、苦い後悔が走った。確かに、シュテファンのことを思う余裕はなかった。しかもまだ貫かれたままの自分の体は、心とは裏腹に快感の余韻を求めて身悶える。大量にほとばしらせたはずなのに、ヴァルターの牡は逞しさを失わない。その牡を慕うように、蜜孔が勝手にひくついて、締め付けてしまうのだ。

返事ができないリゼルの耳元に、ヴァルターが吐息を吹きかけつつ、片手で脇腹を撫で上げた。

「ひゃうっ!? あ……はぅ……っ、ん……」

達したばかりで感度が上がった体は、たったこれだけの刺激でも、びくっと大きく跳ね上がる。脇を撫でた手が胸元へ上がって乳首をつまんだら、リゼルにはもうどうしようもない。

「あっ、だめ……そこ、だめぇえっ！ やっ、ぁあ、う、動かさないでぇ……!!」

乳首への責めだけでなく、再びヴァルターが腰を揺すり始めた。もう、抵抗できない。気持ちよすぎて、まともに喋ることさえできない。さっきの責めに倍する快感が蜜孔から腰へ、背中へと広がり、全身の神経を甘く痺れさせる。

背後から、苦しげに歪んだ声が聞こえた。

「くそっ……また、感じているのか。俺に抱かれて、よがり泣いて……あの男と寝た時も、こんなふうだったのか!?」

「いやぁ、言わないで……っ！ 違うの、違……ぁ、はぅっ!! あ、ぁあんっ！」

泣き悶えつつ、思った。きっとヴァルターは、さっき鏡で見た時と同じ、つらそうな顔をしているに違いない。

（でも、なぜ？ なぜヴァルター様が、苦しまなきゃならないの……？）

疑問が解けないまま、リゼルの意識は甘く白く霞んだ。

——そのあと、何度絶頂に追いやられただろうか。

ふと意識が戻った時には、抱き上げられて運ばれるところだった。まぶたを開ける力はないけれど、見えなくてもわかる。自分を抱き上げる力強い腕は、ヴァルターのものだ。ガラス細工を扱うような慎重な手つきでベッドに寝かせたあと、汗みずくになったリゼルの肌を、絞った布で丁寧に拭ってくれた。蔑みの言葉を投げかけながら自分を抱いていた、さっきまでの態度とはまったく違う。眠りを妨げまいとするような、優しい扱い方だった。

寝たふりをするつもりはなかったけれど、あまりに心地よくて、身を委《ゆだ》ねていたい。この時間がずっと続いてくれればいいと思う。

（だけどヴァルター様は、私の裏切りを怒って、憎んでいるはずなのに……なぜなの？）

こんなに優しく介抱してくれたり、かと思えば、貫いて責めながらも、苦しくつらそうな顔をしたり、ヴァルターの本心はどこにあるのだろう。

「リゼル……リゼル！　なぜだ、なぜお前は……っ」

その先は聞こえなかった。無意識の呟きだったのだろうか。低く抑えた声は切なさに満ちて、聞く者の胸を苦しくさせる。自分とヴァルター、それぞれの思いはいったいどこにあり、どこへ向かうのだろう。つぶったままのリゼルの眼から涙があふれて、頬を伝い落ちた。

4　空虚な償い

それから二月《ふたつき》近くがすぎた、よく晴れた日のことだった。

（……どうしたのかしら。今朝はなんだか、館全体が慌ただしい感じ）

窓辺でレース編みをしながら、リゼルは庭に目を向けた。下働きの男達が、薪を運んだり、庭を掃除したりと、忙《せわ》しく働いている。ドア越しに使用人達が、「それじゃない、一番いい銀食器を出せ」とか「お供が何人かわかる？」などと大声で言い交わしているのが聞こえてくる。

さっき、礼拝堂から本館へ戻るのに庭を突っ切った時には、馬小屋の客用スペースが綺麗に整えられ、上等の飼い葉が用意されていたのが見えた。

誰か大事な客が来るようだ。

（……私はここにいればいいのよね？　誰にも何も言われてないし……）

館に軟禁されている身が、客の前に顔を出せるわけはないと思う。

だが自分は果たして虜囚《りょしゅう》なのか、愛人なのか。

ヴァルターは塔の部屋を毎夜訪れて、背後から自分を抱く。今までの怒りと憎しみをぶつけるかのように、激しく荒々しい責め方をするかと思えば、感じさせることだけが目的のような、巧みで執拗な愛撫で、リゼルに嬌声をあげさせる。だがその合間合間に、『淫乱』、『駆け落ちまでした相手のことも、死んでしまえばどうでもいいのか』、『気持ちよくなれれば誰が相手でもいいんだろう』などと、蔑《さげす》み嘲《あざけ》る言葉を投げつけ、リゼルの心を刺し貫く。

夜伽《よとぎ》の際の荒々しさとは裏腹に、リゼルに与えられた生活環境は悪くなかった。

食事も衣服も上質だし、退屈しのぎの書物や刺繍、レース編みの道具まで用意されている。世話係についた年配の侍女と一緒にならば、中庭を散歩したり、礼拝堂へ行って祈ることも許された。

もしリゼルにその気があれば、刺繍針や鋏《はさみ》を使って侍女を脅し、逃げることができたかも知れない。だが逃亡するつもりはなかった。逃げたところで行くあてはない。もともと、シュテファンの死後は修道院へ入り、己の罪を悔い、神に祈りを捧げて一生を終えるつもりだった。

それに比べれば、この館でヴァルターと暮らせるのは幸せと言える。過去の裏切りを責められて辱《はずかし》めを受けるのは当然のことなのだ。悪いのは自分で、ヴァルターではない。

シュテファンの死んだ日に、遠慮なく館へ乗り込んできた姿を見た時には、なんという傲慢な人間かと思った。しかしあの時の振る舞いは、自分への怒りがさせたことで、ヴァルターの本質は、四年前の知的で真面目な青年だった頃と、変わらないのだと思う。

リゼルが外に出ることはないけれど、館に漂う空気と使用人達の会話で、ヴァルターが勤勉な領主であることはよくわかる。

領地の視察や、狩りや舞踏会による近隣の貴族との交流もあるだろうし、館にいる時は住民の陳情を受けたり、裁判や経理関係の書類に目を通したりと、することが山積みのはずだ。さらに、いい加減な領主なら手を付けることがなさそうな、荒れた土地の開拓計画や、河川の改修工事にも取り組もうとしているらしい。

（お仕事だけじゃないわ。本当は優しい方なのは、変わってない……だって、礼拝堂へ行って祈ることを許してくださったんだもの）

シュテファンの埋葬に行きたいというリゼルの言葉に激怒し、大鏡の前で抱いたあと、ヴァルターは何も言わずに去ったけれど、翌朝食事を運んできた侍女が、『そうしたければ、屋敷内の礼拝堂に行って祈ってもいい』というヴァルターの言葉を伝えてくれた。

葬儀に行かせなかったことを悔いたのかも知れない。礼拝堂に行ってリゼルが祈るのはシュテファンの冥福だけだと、ヴァルターは思っているだろうに、許してくれた。冷酷なだけの支配者にはできないことだ。

もっとも、ヴァルターは知らない。礼拝堂でリゼルが祈るのは、シュテファンのためだけではないのだ。

無論、シュテファンのために祈りはする。彼は本当に大切な人だった。彼がいなければ、自分はこの世にいなかった。もっともっと孝養を尽くしたかったと思う。

けれどもそれ以上に強く願うのは、ヴァルターへの神の加護だ。

傷ついた心が救われるように、この先彼の身に不運が起こらないように――ほとんどの時間、そればかりを祈っている。自分のことを祈る資格はない。

（ヴァルター様……）

客の一行が現れたのは、昼近くになった頃だった。

先頭で馬を駆るのは三十才になるかならずの男性だ。リゼルの位置からでは顔がよく見えないけれど、立ち居振る舞いが堂々として、自信と威厳に満ちあふれているのはわかる。

（どなたかしら。馬も衣装もすごく立派だわ。一緒にいる騎士の方々は護衛よね？　明らかに、付き従ってる雰囲気だもの）

退屈なので、リゼルは窓からじっと様子を見ていた。

数騎の騎士とその従者を従えて到着した客人に対し、出迎えたヴァルターは、公爵という身分でありながら、部下が主人に対するような礼儀正しさで接していた。公爵位にあるヴァルターが、これほどの敬意をもって迎える相手といったら、

（……まさか、国王陛下？）

そう思いついて客人を凝視した時、訪問者が何気なく顔を上げた。こちらを見て、面白がるような笑みを浮かべる。

（いけない、見つかっちゃった!?）

慌ててリゼルは窓のそばから飛びのいた。もし本当に来客が国王なら、上から見下ろし

ていた自分は不敬罪に当たるかも知れない。ヴァルターに迷惑をかけてしまう。

(外の方が明るいんだもの、私の顔ははっきりわからなかったはずだわ)

そう自分に言い聞かせ、窓の外からは見えない位置に移動して、身をすくめていたけれど、やはり見つかっていたらしい。扉が叩かれた。

「リゼル様。ご主人様がお呼びです。お客様にご挨拶をするようにと……一番いいドレスをお召しください」

身の回りの世話をしてくれる侍女のヨハンナだ。さっさとドレスを選び出し、サッシュやアクセサリーを決め、着替えや髪を結うのを手伝ってくれた。

「……はい、できました。お綺麗ですよ」

感情を見せず平板な口調だったけれど、ヨハンナは賛辞を口にした。思いがけないことだった。リゼルの胸に何ともいえない嬉しさがこみ上げる。使用人達からはいつも、丁重だが事務的な扱いを受けていて、自分が品物になったような気がしていたのだ。

客間の扉を開けると、朗らかな声が耳に飛び込んできた。

「そうだヴァルター、例の未亡人には会ったか？　ほら、クロティルデ家の」

「まだです。いずれご挨拶に向かうつもり……」

喋っているのはヴァルターと、あの一番立派な衣装をまとった男性だった。大きな長椅子に、くつろぎきった様子で座っていた。供の騎士達は、客人の斜め後ろに立ったり、椅子にかけたり、さまざまだ。

「だめだ、だめだ。いずれなどと、ぬるいことを言うな。遅くなればなるほど相手は機嫌を損ねるぞ、さっさと会いに行け。未亡人といってもまだ若いし、私の後宮に入れてもおかしくないほどの美女だし、才気煥発《かんぱつ》だ。戦略にも武技にも詳しい。ヴァルターのような生真面目な奴は、彼女の好みだからな。会えばきっと話が弾むだろう」

楽しげにヴァルターに命じる声を聞き、リゼルは立ちすくんだ。

後宮というくらいだから、やはりこの男性は国王だ。ヴァルターの主君だ。その国王が、ヴァルターに対し、どこかの未亡人——それも若くて美しく、才気にあふれた未亡人と会うように命じている。

確たる目的もなく、配下の騎士と貴族の婦人を引き合わせるわけはない。

（縁談……？　もしかして、ヴァルター様とその未亡人を結婚させるおつもり？）

騎士の縁組は大抵、父親や一族の長、そうでなければ主君が決めるものだ。あり得る。というより他に理由が考えられない。頬がこわばり、手足が冷たくなる。

「嫌われないよう、気の利いた手土産《てみやげ》の一つ二つは用意しろよ。食べ物や酒ではだめだぞ、相手は女だ。上質な絹とか毛皮とか、しゃれた装身具にしておけ。……お？　来たか」

別の騎士に戸口の方を示され、男性がようやくリゼルに気づいて、喋るのをやめた。客達とヴァルターの視線を受けたリゼルは、懸命に努力して笑みを浮かべ、スカートをつまんで客達に一礼した。

「初めまして。リゼルと申します」

「ああ、思った通りの美女だった！」

客人が手を叩いて笑ったあと、ヴァルターの方を振り返った。

「よくも嘘をついたな、ヴァルター。遠目とはいえ、この私が美人を見逃すわけはないんだ。窓からこっちを見ていたのは絶対に美人だから連れてこいと言ったのに、なんだかんだと言い訳をして、私に見せまいとしただろう。急ごう、さっさと視察に向かおうとせき立てたのは、一刻も早くこの館から私を追い出そうと思ったからだな？」

「陛下、決してそういうわけでは……」

やはり客人は国王だった。数騎の供だけを連れて、おしのびでこの地を訪れたようだ。

「見せたら取られるとでも思ったのか？　誰だ、奥方ではなかろう。結婚の許しを出した覚えはないからな。主君が見たいと言っているのだ、惜しむな。……リゼル、こっちへ来い。よく顔を見せろ」

騎士の一人が「おやめください、陛下」と制止したけれど、「黙れ」の一言で片付けられた。

本当に、国王のそばへ行ってもいいのだろうか。ヴァルターに視線を向けると、顔をしかめながらも小さく頷いたので、リゼルは他の諸侯達に軽く会釈してから、国王が座る長椅子のすぐ前まで歩いた。

「うむ、これは美しい」

笑いながら、国王がリゼルを頭のてっぺんから足下まで眺めた。

「私ならもっと襟元の大きく開いたドレスを着せるところだが、ヴァルターの趣味か？　まあ、こういう清楚な路線もいいだろう。大事なのは服ではなく中身だ。うん、美しい。王宮を彩《いろど》る美女達にも決して劣らない」

「お、恐れ入ります」

「そう不安そうな顔をするな。むさ苦しい男ばかりに囲まれて旅をしてきたのだ、美人を見て目の保養をしたくなるのは当然だろう」

　随行者の間から、苦笑を含んだ抗議の声が上がる。

「むさ苦しいとはひどい仰《おっしゃ》りようですな。人選を決めたのは陛下ですのに」

「何かと言えば、目の保養ばかりなさっているではありませんか」

「だから女好きという噂がたつのです」

「噂というより事実でしょう。若い娘から年増《としま》まで、節操なくお口説きになる」

　敬語こそ使っているものの、王に対する彼らの言葉には遠慮がない。心から信頼し合っている主従だということが、様子を見ているとよくわかる。ヴァルターも遠征軍にいた頃は、彼らに混じって屈託なく過ごしていたのだろうか。きっとそうなのだろう。ヴァルターはあまり口を利かないけれど、騎士の一人に「やはり王宮に出仕する気はないのか」などと話しかけられて、苦笑混じりに首を振る様子を見ればわかる。

　ヴァルターが遠征軍で味わったのは危険だけかと思っていたけれど、心を許して話せる仲間と信頼できる主《あるじ》を得たらしい。そうと知って、リゼルは内心でホッとした。

国王は上機嫌な笑顔で自分の隣を指さした。

「リゼル。ここに座れ。……構わないな、ヴァルター？」

「陛下のよろしいように」

承諾したものの、ヴァルターの声は素っ気なく尖っている。リゼルが視線を向けても、目を合わせてはくれない。国王に促され、やむなくリゼルは隣に座った。しかし緊張で身がすくんで、立っている時よりかえって疲れる。

王の手が、リゼルの髪を一房つかまえて弄《もてあそ》んだ。

「見事なハニーブロンドだな。薔薇色の唇に、トパーズの瞳。いや、実にいい目の保養だ。ところで年は幾つだ？」

「今年、二十になりました」

「なるほど、道理で成熟した体つきをしている。……ははは、こんな言葉で真っ赤になるあたりは、初《うぶ》で愛らしい」

社交界での経験が長ければ、こんな時にうまくかわす言葉を知っているのだろうが、リゼルにはそれだけの経験がない。小声で「恐れ入ります」と答えるのが精一杯だ。そもそも国王などという、雲の上の身分の人と、同じ長椅子に座って、髪や肩をいじられながら話をするという事態は、想像したこともなかった。国王は気さくでちっとも偉ぶらないけれど、それでも高貴な生まれ育ちのせいか、豪奢《ごうしゃ》な衣服に包まれた長身からは、威厳が放射されている。そばにいると緊張で心臓が破れそうだ。

リゼルの金髪をいじっていた国王が、その手を頬へとすべらせた。

「きゃ!?」

「そんなに驚くことはなかろう。化粧焼けしていない、なめらかな頬だ。服の下の素肌もきっと同じように、すべすべで心地よい手触りなのだろうな」

頬から喉元へ国王の指が動き、喉と胸の境目あたりを撫でる。人前ですることではない。恥ずかしさに、リゼルの体温が上がった。かつてヴァルターは、リゼルの名誉を守るため、侮辱した貴族と決闘してくれた。助け船を出してくれないものだろうか。

（無理よね。あの時とは状況が違うわ。ヴァルター様を裏切った私のために、今さらそんなこと……）

諦め半分でヴァルターを見た。リゼルの方へ顔を向けてはくれないけれど、ぎゅっと唇を噛みしめているのが見えた。頬は血の気を失って、傷痕と同じぐらい白っぽくなり、瞳には葛藤《かっとう》の気配が揺れている。

（悩んでる……？）

今自分に戯《たわむ》れかかっている国王は、ヴァルターにとっては忠誠を誓う主君なのだ。ヴァルターが自分を憎んでいるならば、さっさと献上してしまえばすむだろうに、どうしたのだろう。だがそう思う間にも、王の手は胸元へすべり込みそうだ。リゼルはその手をつかまえ、懸命に押しとどめた。

「あ、あの、どうか、お戯れはこのくらいで、お許しください。陛下のそばに座っているだけで、緊張で息が止まりそうなのです。田舎者《いなかもの》をからかわないでくださいませ」

「ははは、可愛らしいことを言う」

リゼルの懇願を聞き入れ、撫でるのをやめてはくれたものの、王の追及は終わらない。

「ヴァルターとはどういう馴《な》れ初《そ》めだ？」

「そ、それは……あの……」

口ごもったリゼルと、むっつりと口をつぐんだままのヴァルターを見比べ、国王が首をかしげる。騎士の一人が何か気づいたような顔で、国王に耳打ちした。

「ああ！　なるほど、そうか、例の……!!」

国王はじめ、この場にいる全員が、自分とヴァルターの間に何があったか知っているらしい。リゼルは身をこわばらせた。身の置き所がない心地だ。自分をそばに呼んだ国王を、騎士の一人が止めたのも、結婚式をすっぽかして別の男と駆け落ちしたふしだらな女を、主君に近づけまいとしてのことかも知れない。

王が、鼠《ねずみ》をいたぶる猫に似た光を瞳に宿らせ、ヴァルターとリゼルを見比べた。

「ほーぉ。驚いたな、ヴァルター。お前を裏切った女ではないのか？　探し出してよりを戻したということは、よほど惚れ込んでいるんだな？　ん？」

「違います、陛下っ!!」

ヴァルターが声を荒らげた。よほど感情が波立ったのか、勢いよく立ち上がり、なおも叫ぶ。

「惚れ込むなどあり得ません、ひどい誤解です。偶然出くわしたので、かつての罪を償《つぐな》わせるため、捕らえているだけのことです」

「囚人ということか？　ならばなぜ地下牢に入れない？　上等のドレスと靴で装《よそお》わせておいて『捕らえている』もないものだ」

「いくら囚人でも、あまりみすぼらしい格好では自分がいやな気持ちになります。まして陛下の前で、見苦しい格好をさせるわけには参りません」

ヴァルターの声は硬くこわばっている。敬愛する主君に対して、こんな声を出すはずはないから、尖りきった感情はリゼルに向けられたものに決まっている。ヴァルターが自分に対して、少しでも情を残してくれているなどと、期待するのが間違っている。

（ごめんなさい、ヴァルター様……）

居たたまれない気持ちでうなだれたリゼルに、ヴァルターの冷たい声が飛んでくる。

「もういい、リゼル。部屋へ戻れ」

「は、はい」

リゼルは腰を浮かせかけたが、王に肩を押さえて引き留められた。

「待て。以前聞いた話で想像していたのとは、ずいぶん違う。そういう女だとわかれば、また別の興味が湧く」

リゼルを横に座らせたまま、王はにやりと笑った。

「ヴァルターの話を聞いた時は、真紅の薔薇のような艶やかな女を想像していた。しかしお前の見た目はまるで、谷間の白百合だ。清楚に見せるテクニックを、どうやって身につけた？　ヴァルターを欺《あざむ》いた時は、ほんの小娘だったと聞いたぞ。それなのに二股をかけていたとは大したものだ」

「そ、そんな！　私……」

「ほら、そうやってうつむく素振りがまた、いかにも初な娘に見える。……閨《ねや》ではどんな様子を見せるんだ？　興味深いな」

無理矢理仰向《あおむ》かされ、正面から顔を観察されるのは、なんとも居心地が悪い。身をよじって逃れようとしたが、王は手を放してはくれない。リゼルの顎をつかまえたまま、ヴァルターの方を振り向いて笑った。

「この女をよこせ、ヴァルター。王宮へ連れていく」

ヴァルターが大きく目を見開くのが見えた。言葉は出ない。代わりに、他の騎士達が叫んだ。

「陛下、お戯れにもほどがあります」

「首都へ戻れば、陛下に忠誠を尽くす美女が、いくらでもいるではありませんか」

「何もわざわざ曰《いわ》く付きの女を後宮に入れなくとも……」

「後宮へ入れるつもりはない」

騎士達の反対を一声で押しつぶして、王はリゼルの髪を弄ぶ。

「ヴァルターを謀《たばか》った毒婦と聞いて、興味を持っただけだ。ほんの少しの間、飼ってみる

にすぎない。たまになら悪食《あくじき》も面白いが、長く続けると胃もたれする」

「……きゃっ⁉」

髪をいじっていた王の手が、今度はリゼルの肩を捕らえて抱き寄せる。

「お、お戯れはおやめくださいっ」

「十四、五の小娘ではあるまいし、肩を抱いたくらいで騒ぐことはなかろう。……小娘であっても純真だとは限らないが。二股をかけたり、な?」

さっきまでの朗らかな声音《こわね》とは違う、見下す気配の混じった笑い声だった。『毒婦』や『飼う』といった言葉を口にしていたし、自分の素性を知って、王は蔑みの気持ちを持ったのに違いない。

（ここを離れる……？　ヴァルター様と一緒にいられなくなるの？）

胸に走った鋭い痛みで、リゼルは気づいた。強引に連れてこられたはずだったのに、いつしか自分は、この館でヴァルターに仕え、抱かれることに、幸福を見出していたのだろうか。

（そんな……私は、幸せになったりしていい立場じゃないのに）

囚人にしては贅沢な部屋で暮らすうちに——夜ごと抱かれるうちに、まるで愛人にでもなれたかのように、思い上がっていたのかも知れない。

「さっき、この女に心を傾けているわけではないと言っただろう？　連れていっても構わないな？」

王がヴァルターに問いかける。リゼルは目を伏せた。王に忠誠を誓い恩義を感じているヴァルターなら、あっさり承諾するのに違いない。しかし、

「いえ、それは……」

ためらう口調に、つい期待する心が湧いてしまう。ヴァルターは自分を王に渡さず、手元に置いてくれるのだろうか。王もそう思ったらしい。

「なんだ、いやなのか？」

「いやとは申しませんが、陛下の愛妾《あいしょう》にふさわしいような女ではありませんので……何というか、その、このような者を後宮に入れては、陛下の評判が下がるかと」

「後宮には入れないと言っただろう。愛妾というほど、長期にわたって可愛がるつもりはない。飽きるまでの間だ。そのあとは……そうだな。誰か、ほしいという貴族がいれば下げ渡すし、いなければ高級娼館という手もある。本来なら、二股をかけた上に駆け落ちをした時点で、姦通罪を適用してもおかしくないのだ。鞭打ち刑の代わりに娼館入りなら、悪くはなかろうよ」

倫理観に欠ける淫らな女——自分のことを、王をはじめとした人々は皆そう思っているらしい。当然だ。

「視察に同行させるわけにはいかないからな。帰途にもう一度この館に寄って、首都へ連れていくとしよう。それとも今のうちに都へ送っておくか？　どうする、ヴァルター。お前の好きなようにしろ」

品物扱いの言葉にリゼルの胸が痛む。だがその時、ヴァルターが思いがけない言葉を口にした。

「ご命令には従えません、陛下」

「何？」

王が問い返す。リゼルも驚いて、ヴァルターに目を向けた。

（私を守ってくださるの……？）

王の玩弄《がんろう》対象はともかく、娼館で客を取ることになると知って、哀れに思ってくれたのだろうか。

（ヴァルター様はまだ、ほんの少しでも、私への情を残してくださってる、とか……ううん、まさか。そんなの、都合よすぎる考え方だわ）

そう自制しつつも、かすかな願いを抱かずにはいられない。胸の鼓動が高鳴り、体がほてる。

けれどもヴァルターの返事は、まったく違う内容だった。

「この女にはすでに、自分が手を付けました」

「ほう。だから？」

「たとえ一時のお戯れであっても、自分が手を付けた女などを、陛下に献上するわけには参りません。陛下から臣民に下賜《かし》なさることはあっても、献上など……まして、こんな汚れた女を」

リゼルの体が大きく震えた。

(汚れた女……ヴァルター様は、私のことをそう思っていらっしゃるのね)

不遜な期待を抱いたことへの罰だろうか。

ヴァルターからはどんなに憎まれても仕方がないと覚悟していたはずだけれど、いざ現実に当人の口から聞かされると、ショックが大きい。胸の奥が、泥を詰め込まれたかのように重苦しい。

国王が大袈裟なポーズで肩をすくめた。

「私は悪食も平気だ、別に構わない。だから……」

「無理です!!　陛下がお気になさらなくても、自分が耐えられません！」

主君の言葉を遮って叫ぶヴァルターを眺め、王も騎士達も目をみはった。その表情で、自分の行動の不遜さに気づいたのだろうか。喉に何か詰まったような顔をして、ヴァルターは口をつぐんだ。それでもまだ、言い足りないと感じたらしい。

「自分がすでに手を付けたことだけが、理由ではありません。結婚式の日に、許婚《いいなずけ》を捨てて駆け落ちした女です。しかも相手の男には妻がいました。人を裏切ることも傷つけることも平気な、こんな……体も心も汚れた女を陛下に献上するなど、断じて承伏致しかねます。こやつは自分が管理致します」

ヴァルターの声はうわずり、一語一語を発するのがひどく苦しそうだ。過去の記憶が蘇ったせいだろうと、リゼルは思った。

（今のが、ヴァルター様の本心……陛下に近づけることもできないくらい、『体も心も汚れた女』って思われてる。でも仕方がないんだわ。そう思われるだけのことを、私はしてしまったんだもの）

うなだれたら、王に肩を軽く叩かれた。

「わかった。……もういいリゼル、下がれ」

「は、はい」

リゼルは椅子から立ち上がり、ドアへと向かった。客間を出る時、振り返ってスカートをつまみ、丁寧に一礼したけれど、ヴァルターはこちらに視線を向けてさえくれなかった。王や騎士達も同じだ。先ほどまでの冗談口や笑顔を消し、真剣な顔で何かを話し合い始めた。『あとは目的地まで直行』とか『夜道は危険、昼間の方が』などという言葉が聞こえた。ここを出たあと、どこかへ視察に向かうらしいので、その相談だろう。

廊下へ出たリゼルの背後で、ゆっくりと扉が閉まる。

王の声が聞こえた。

「機嫌を直せ、ヴァルター。この一件が済んだら、よい縁組を世話してやろう」

リゼルの心臓が大きく跳ねた。

（ヴァルター様の結婚……？）

今まで意識したことがなかった。だが王の重用する側近がいつまでも独り身というのは、何かと具合が悪い。縁の深い家柄の姫君とでも結婚させ、寵臣同士の結びつきを強めるのが普通だ。王がここへ来たのは、領地に赴任したヴァルターが落ち着いた頃合いを見計らい、結婚を命じるためなのかも知れない。

（あ。そういえば客間に入った時、国王陛下が……）

ヴァルターに向かって、どこかの未亡人と会うよう命じていた。まだ若くて美人だとも言っていた。その女性こそが、王の考えるヴァルターの結婚相手ではないだろうか。

（ヴァルター様は、どうなさるおつもりなの？）

厚い扉がぴたりと閉ざされたので、ヴァルターの返事は聞こえなかった。だが忠誠を誓っている臣下が、主君の勧める相手を断るとは思えない。

彼が結婚すれば、自分は用済みとして追い出されるに違いない。奥方を迎える以上、『汚れた女』と呼んだ自分をそばへ置くことはしないはずだ。さんざん嬲《なぶ》って、気が済めば捨ててしまうだろう。

（……当然の報《むく》いだわ。一度裏切った私に、ヴァルター様のそばにいたいなんて思う資格はないんだもの）

自分に言い聞かせたけれど、胸が重く塞がるのはどうしようもなかった。

国王はその日のうちに、ヴァルターを連れて館を出発した。

この地方を王がおしのびで視察するので、ヴァルターが案内するのだという。『腕はなまっていないな？』という王の言葉が気にかかるけれど、少人数の旅だから獣や夜盗を警戒したのではないだろうか。

季節は冬に入り、雪がちらつく日も増えてきた。山間部の道は足元が悪いだろうし、秋の実りを食べ尽くして空腹になった獣が襲ってくるかも知れない。

こう考えれば、旅には危険がいっぱいだ。

(どうか、ヴァルター様が無事に戻られますように)

その日も、翌日も、リゼルは礼拝堂で聖像の前にひざまずき、両手を組んで祈った。

「どうか、ご無事で……神のご加護を」

終わりの聖句を呟き、立ち上がった時、礼拝堂の扉の軋む音が聞こえた。振り向くと、テオが入ってくるところだった。中には誰もいないと思っていたのか、リゼルを認めて驚いたように目をみはる。リゼルも驚いた。

「テオ……ついていったんじゃなかったの?」

ヴァルターの従者として同行したとばかり思っていた。テオの表情が悔しげに歪む。

「残されたんです。ついてない……国王陛下がおいでになった日、自分は風邪を引いて熱があったもので、ご主人様は別の者に従者の役目をお命じになりました。お供できるなら熱なんか平気だったのに」

テオがふてくされている理由がわかった。この若者はヴァルターに心酔している様子だから、多少の熱を押してでもついていきたかったのだろう。

「数日で返すと、国王陛下は仰ったわ。ただの視察だし、大丈夫よ」

慰めるつもりで言ったのだが、テオが怒ったように顔を歪めた。礼拝堂の中に入って、しっかりとドアを閉める。

「何の用でお出かけになったかも知らないくせに……視察だなんていう表向きの口実を、信じてるんですか」

「え？」

「視察ぐらいで国王陛下が、歴戦の勇士ばかりをお供にしておいでになり、さらにご主人様までお連れになるわけがないでしょう！　戦うために決まっているじゃないですか！　国王陛下は、スヴェン侯を討伐なさるためにいらしたんです‼」

　リゼルは息を呑んだ。

　テオが「やっぱり知らないんだ」と、嘲笑混じりに呟いた。リゼルが知らされていない事情を、自分が知っていることが得意だったのかも知れない。ヴァルターが国王の供をして出かけた、本当の理由を教えてくれた。

　隣の州を所領にしているスヴェン侯爵は、王国の禄《ろく》を食《は》む身でありながら、帝国に通じ、情報を流していたらしい。つい最近証拠をつかんだが、大がかりに軍を動かして捕らえようとしたのでは、気づかれて逃げられる恐れがある。そのため国王は、少人数で、他意のない訪問のふりをしてスヴェン侯の城に行き、逃げたり証拠隠滅《いんめつ》したりする隙を与えず、捕縛しようと考えた。しかし侯爵が、国王直々の追及に恐れ入ってひれ伏せばいいが、破れかぶれで反抗してきたら厄介だ。

「……ご主人様は陛下に強い恩義を感じておいでですから、お守りするためなら自分の身を厭《いと》わないでしょう。陛下を庇って命を落としたり、そこまではいかなくても大怪我をなさるようなことがあったら……!!」

何か事情があるだろうとは予想していたが、そこまでハードな話だとは思わなかった。リゼルは言葉もなく立ちすくんだ。

「だいたい、こうなったのもあなたのせいなんですよ」

喋っているうちに、自分の言葉に煽られて怒りが増したのかも知れない。テオが憎々しげにリゼルをにらんで、さらに言った。

「言うなってご主人様は仰ったけど、もう黙っていられない。何もかも、四年前にあなたがご主人様を裏切ったせいだ。自分は知ってるんですから、あなたがどんなひどい真似をしたか。……エーレンバウム家にいた下働きの子供なんか、あなたは覚えてないでしょうけどね。滅多《めった》に顔を合わせなかったし」

その言葉に驚いて、リゼルはテオの顔を見直した。

「テオ、あなた……伯爵家にいたの？」

「いました。ヴァルター様はお優しい方で、自分に時々お菓子をくださったり、小さい体でよく働いているとねぎらってくださいました。あなたは、あの優しい方をひどいやり方で裏切ったんだ。……あのあと、ご主人様がどんな不幸な目に遭い、どんな屈辱的な思いをしたか、考えたことがあるんですか!?　どこへ行っても笑いものにされて……そばについて見ていただけの自分でさえ、どれほど悔しくて情けなかったか！　全部あなたのせいなんだ！」

テオが激しく糾弾してくる。

「な、なぜ？　どういうことなの？　私が悪いのに、ヴァルター様が笑いものになるなんて、おかしいわ」

リゼルは問い返した。声が震えていた。

駆け落ちするという書き置きを残して失踪した自分が悪い、そのことは重々承知している。ヴァルターは被害者でしかない。だからこそ世間の非難は自分に集中し、ヴァルターは大丈夫だろうと思っていた。

舌打ちをしてみせてから、テオは四年前の顚末を話し始めた。

――リゼルが式をすっぽかして逃げた日、ヴァルターはずっと教会で待っていた。来ない花嫁を探しに行って書き置きを見つけた使用人は、分別を働かせることなく教会へ走ってきて、『花嫁が他の男と駆け落ちしました』と大声で叫んだのだという。その日のうちに、『エーレンバウム伯爵は、花嫁に逃げられた寝取られ男だ』という噂が広まった。

退屈している社交界の人々には、大層面白い出来事だったらしい。

リゼルがふしだら女として評判を落としたのは当然だが、一部の貴婦人達からは『駆け落ちなんてロマンチックだわ』という、無責任な賛辞を受けた。

逆にヴァルターは、『寝取られた間抜け』、『許婚が他の男と通じているのに気づかなかった愚か者』と嘲笑の的にされた。本人ばかりでなく伯爵家も噂の的になったし、親戚までもが、『寝取られ男の身内』と言って嗤《わら》われたと、苦情を入れてきた。

自分がいる限り周囲にまで迷惑がかかる、そう考えたヴァルターは、相続権を弟に譲って伯爵家を離れた。

ちょうどその頃、国王は砂漠を越えた帝国へ向かう、遠征軍を編成していた。ヴァルターはその軍勢に志願した。兵士の数は多ければ多いほどいい。嗜《たしな》み程度の武技しか心得ていないヴァルターでも、あっさりと軍勢に加えられた。テオは、伯爵家で働くのをやめてヴァルターについていきたいと懇願し、従者にしてもらって同行した。

王国の領土から出れば、もう噂の的にされることはないだろうと思っていたが、その考えは甘かった。軍勢の中にも噂を知る者がいたのだ。

同じ軍に属する、仲間であるはずの者達から好奇と侮蔑の視線を投げかけられ、戦場へ出れば、死の危険に晒され、生き伸びるためには敵軍に対して容赦なく剣を振るわねばならない――そんな日々を過ごすうちに、ヴァルターは変わっていった。

学究的で穏やかな性格は影をひそめた。

何かに取り憑かれたように敵を追い求め、がむしゃらに剣を振るった。

実戦では、剣や槍の技術よりも、気迫がものを言う。さらに、身分の高そうな敵を倒した場合は、首を掻き斬って自分の功を確実にするのが普通だが、ヴァルターは敵将の首には目もくれなかった。自分に刃《やいば》を向けてくる敵だけを追い求め、馬を駆り、戦場を疾駆し

た。従者のテオが確保できた首は、ヴァルターが倒した数の半分ほどだったが、それでも、遠征軍を率いてきた国王の注意を引き、

『ずいぶんな武功を立てているではないか。この男は何者だ』

と言わせるには充分だった。

若き国王は、戦況が膠着《こうちゃく》して退屈していたらしい。さらに誰かが『あの男は式の当日に花嫁に逃げられた』と面白おかしく喋ったため、一層興味をそそられたようだ。戦場では、首都の豪華な王宮にいる時と違って、身分や礼儀をやかましく言う者はいない。王はヴァルターを宿舎に呼び寄せた。

ヴァルターは、婚礼の当日、花嫁が別の男と駆け落ちしたことから、周囲の寝取られ男という嘲笑に耐えきれず、遠征軍に入ったこと、自暴自棄で無茶な戦い方をしていることまで、正直に明かしたようだ。

国王は、己の恥を淡々と話すヴァルターを気に入り、側近に加えた。突然王の側近に出世した彼を妬み、嫌がらせをする者もいたが、ヴァルターは気にかけなかった。主君の寵に奢《おご》ることなく、その後も戦場では真っ先かけて敵軍に突入し、手柄を立て続けた。国王はますます彼を気に入った。

『ヴァルター・エーレンバウム伯爵という名前がよくないんだろう。その名前を聞けば、お前に悪意を持つ連中は、寝取られたという噂を思い出し、触れ回る。……何かいい方法を考えてやろう』

遠征が終わって王国へ戻ったあと、国王はヴァルターを側近として手元に置こうとした。しかし苦い経験から人付き合いを好まなくなったヴァルターは、王宮勤《みつくろ》めを固辞した。国王は戦功に対する褒賞として、跡継ぎが亡くなって絶えた家系を見繕い、公爵位と領地を与えて、カイン公爵と名乗らせた――。

「……わかりますか。結果的にはいい方へ転がったとはいえ、国王陛下の寵を受けるまでの、ご主人様がどんな屈辱を味わったことか。何もかも、あなたがご主人様を裏切ったせいなんです」

テオはそう言葉を結んで、リゼルを断罪した。

リゼルの体は細かく震えている。

駆け落ちを装ったことが、そんな結果を生むとは考えもしなかった。自分の書き置きは、身内とヴァルター本人が目にするだけで、対外的には『花嫁は急病で式に出られなくなった』とでもごまかすだろうと思っていた。ほとぼりが冷めた頃に、適当な理由を付けて縁組を破談にするに違いない。そうすればヴァルターにも、エーレンバウム伯爵家にも傷はつかない――そんなふうに予想していた。

だが実際は、自分の思いもよらぬ方向へ事態が進んでいたのだ。

遠い帝国への遠征は、夏でも雪の残る険しい山脈を越え、海峡を船で渡り、灼熱の日差しに身を焼かれて砂漠を行軍すると聞いた。もちろん戦死者も少なくないという。その遠征軍に加わる方がましだと思えるほどの苦痛を、自分はヴァルターに与えてしまった。

「知らなかった……そんなことに、なってたなんて……」

衝撃の大きさに声がかすれる。テオが鼻で笑った。

「知らなかったで済ませるんですか。ご主人様は遠征軍での戦いで、危うく命を落としかけたというのに、あなたは安全な場所でのうのうと、間男と一緒に暮らしていたんですよね。だいたい……」

テオがリゼルをにらみつけ、なおも何か言いかけた時だった。礼拝堂の扉が外から開かれた。すぐ前に立っていたテオの背中に、扉がぶつかる。

入ってこようとしたのは、リゼルに付けられた侍女のヨハンナだ。

「リゼル様……あら、テオ。どうしたの、こんなところで」

「なんでもない」

吐き捨てるように言い、テオは横をすり抜けて外へ出ていった。侍女がその後ろ姿と、立ちすくんでいるリゼルを見比べて、眉をひそめる。

「何かありましたの？」

「い、いいえ。なんでも、ないわ」

「顔色がよくありません。お加減がよろしくないのなら、お部屋でお休みくださいな。公爵がお留守の間に、リゼル様に何かあっては私どもが叱られます」

「そうね……ちょっと、風邪気味なのかも」

このところ、体調がよくないのは確かだ。夜ごとの疲れに加え、環境の激変や精神面への負担が、身体を苛《さいな》んでいるのかも知れない。

「部屋に戻って休むわ」

「そうなさいませ。ここは冷えます。冷たい石の床に、長い時間ひざまずいていらっしゃるのは、身体に毒ですよ」

リゼルはヨハンナとともに礼拝堂を出た。胸の中ではテオに聞かされた話が渦巻いて、罪悪感を刺激する。

（テオの言うとおりだわ。知らなかったで済むことじゃない……）

自分の裏切りで心を傷つけられたために、文官だったヴァルターが遠征軍に加わったのだろうとは思っていた。しかし醜聞によってヴァルターが受けた嘲笑と恥辱にまでは思い至らなかった。浅はかすぎた。

だがどうやって償えばいいのだろう。テオの話を聞いたあとでは、自決することさえも、おこがましい自己満足のように感じられる。それにさっき侍女が何気なく言った、『リゼル様に何かあっては私どもが叱られます』という言葉が、枷《かせ》になる。自分が勝手に命を絶つことで、他の者に迷惑をかけてはならない。

（どうすれば、償えるの？）

部屋に戻ってベッドに入ってからも、寝付けない。

ヴァルターをそんなにも苦しめる結果になると知っていたら、駆け落ちを装ったりはしなかった。シュテファン・オーステンが自分とどういう関係なのかを正直に打ち明けて、相談しただろう。

（あの時、そうすればよかったのかしら。でも、万一、秘密が外に漏れたら……）

原因を作った母はともかく、秘密が暴かれた時に父や弟がどれほど傷つくかを考えたら、言えなかった。だが今思えばそれは、『ヴァルターを信じきれなかった』につながる。ヴァルターを信じてすべてを――自分に彼の妻になる資格は、最初からなかったのだと打ち明けていればよかったのか。少なくとも、そうしていればヴァルターが『寝取られ男』として嘲罵《ちょうば》の的になることはなかった。

（今からでも打ち明けるべき？　だめ。やっぱり言えない、ヴァルター様は私を『汚れた女』って思っていらっしゃるんだもの。まして私の出生の秘密を知ったら……）

己の胸にしまい込んでおくしかない。

（私にできることは、ヴァルター様に誠心誠意尽くすことだけなんだわ）

ヴァルターが再婚して、追い出されるまでの間だけでも――そう心に決めた。

国王は数日と言ったが、五日たっても六日たってもヴァルターは戻らなかった。

リゼルは毎日、塔の部屋の窓から庭を見ていた。テオの話を聞いてからは、気が気でなかった。

（外の門から入って、庭を抜けて、戻っていらっしゃるはず……いえ、もしかしたら厩《うまや》へ先に馬をおいて、ゆっくり歩いておいでになるかしら。いくらなんでも、裏門から戻ってらっしゃることはないと思うけど）

塔の部屋には二ヶ所に窓が付いている。片方の窓から見えるのは、館の屋根の上と裏庭だ。もともと砦《とりで》として建てられただけあって、館の屋根には物見台や石落としの仕掛けなどが造られているが、今は戦時下ではない。窮屈な物見台に常駐の兵士は配置されていないし、敵兵に向かって落とす石を用意しておくはずの石落としには、屋根を改修するための材木や瓦《かわら》が載せられていた。

窓のそばに椅子を運び、レース編みや刺繡を手にしてはいたものの、作業はまったくはかどらない。視線はいつも庭に向いている。

（戦争中じゃないけど……王国内に攻め寄せてくる敵はいないけれど、でも、国内が平和だってわけじゃないんだわ。今回みたいな危険な任務もあるんだもの。ヴァルター様、どうか無事に帰っていらして）

そして八日後の昼すぎ、ようやくヴァルターが館へ帰ってきた。

国王と随行していた他の騎士は、館には寄らず直接王宮へ戻ったらしい。ヴァルターと従者だけが帰還した。塔の部屋の窓から見下ろしていたリゼルは、姿を見て安堵した。予定より遅れた理由はわからないけれど、とにかく無事ならいい。

使用人達の出迎えを受け、ヴァルターが馬からひらりと飛び降りる。

機敏な動きだったが、その拍子にマントがひるがえり、左腕に白い布を巻いてあるのが見えた。

（あの布……腕に怪我をなさった!?）

マントの下に隠れてしまって、もう腕に巻いた布は見えない。顔色は大丈夫かと思ったけれど、塔の部屋の窓からでは遠すぎて、表情までははっきりわからない。食い入るように見ているると、ヴァルターが顔を上げてこちらに目を向けた。

（あ！　こっちを見てくれた!!）

嬉しくて顔がほころぶ。思わず片手を上げて軽く振ったら、ヴァルターがぎょっとしたように目を見開いた。

（あ、いけない。私ったら……）

自分は本来、裏切った罪で囚われている虜囚のようなものだ。地下牢へ入れられていてもおかしくない。ヴァルターの寛容さゆえに、上質な衣服や食事を提供され、ある程度まで行動の自由を許されているだけだ。帰還したヴァルターがこちらを見てくれたからといって、嬉しがって手を振るのはお気楽すぎる。

（四年の間にヴァルター様がどんなに苦しくつらい思いをしたか、聞いたあとなのに……しかも今回の任務で、怪我をなさったみたいだわ）

それなのに自分は、ヴァルターが危険な任務から帰ってきてくれたのを見ただけでホッとして、手を振ってしまった。愛し合っていた四年前とは、まったく事情が違うのだ。ヴァルターは自分を憎み、自分は償えない罪を抱えている。

反省してもう一度窓の下に目を向けた時には、もうヴァルターはいなかった。館の中へ入ったのだろう。次に顔を合わせた時には、軽率な仕草を詫びなければならない。

（それ以上に謝らなければいけないことがあるけど……）

その夜、早速ヴァルターは塔の部屋に来た。リゼルはスカートをつまみ、深く丁寧なお辞儀をして迎えた。

「お帰りなさいませ。腕のお怪我は大丈夫ですか」

「怪我？　何のことだ」

ヴァルターが不思議そうな声を出す。

「お戻りになった時、右腕に布を巻いていらしたのが見えました」

「布……ああ、あれか。あれは違う。雨で濡れた上着を乾かそうとした従者が、焦《こ》がして袖に大穴を空けたんだ。着替えがなかったし、マントの毛織の生地と擦れて感じが悪いから、上から布を巻き付けていただけだ。傷を負ったわけじゃない」

思いがけない言葉に、リゼルは大きく息を吸い込んだ。自然と安堵の吐息がこぼれる。

「よかった……」

その声を聞いて、今度はヴァルターがハッとしたようだった。頬に血の色が差したように見えたのは、気のせいだろうか。横を向いて少し黙っていたあと、無理に険しくしたような口調で言った。

「本気でよかったと思っているのか？　怪我などではなく、俺が命を落としていた方が、お前には好都合だったろうに」

「なっ……何を仰るの、どうしてそんなこと……!!」

「俺が死ねば、お前は自由の身になれる。そのぐらい、わかっているだろう」

リゼルは言葉を失い、ヴァルターの顔を見つめた。自分が本心からヴァルターの死を望むなどと、彼は考えているのだろうか。自分はそんなにも心根の腐った人間だと思われているのか。茫然と立ちすくんでいると、ヴァルターの喉が、くっと小さな音をたてた。瞳に苦しげな色が走る。

「お前は、もしかして……」

かすれた声で何か言いかけたが、結局言葉を飲み込んで強く首を振る。もう一度リゼルに視線を向けてきた時には、また冷たい光をたたえた瞳に戻っていた。

「ベッドへ行け。俺が何をしに来たかぐらい、わかっているはずだ」

ヴァルターは冷たく言い放つ。

「申し訳ありません」

頭を下げ、リゼルは自分からベッドのそばへ歩いて、サッシュをほどいた。ドレスの喉元のホックを外す。絹のドレスがするりと足元へすべり落ちた。下に着ていたチュニックのボタンを外したところで、ヴァルターが不審そうな声を投げてきた。

「……どうした？　何かあったのか」

「え？」

「今まではぐずぐずと、許してだの恥ずかしいだの、格好を付けて拒んでいたのに、今日は妙に素直だ。どうしたんだ」

「何も……別に何も」

さすがに隠し事をしたまま目を合わせる度胸はない。視線を逸らして答え、リゼルはチュニックとペチコートを脱ぎ捨てた。リゼルの出方を窺う気になったのか、ヴァルターは何も言わず、三歩離れた場所に立ったまま、動かない。

胸当てや、ストッキング、ショーツに至るまで、すべて体から取り去った。覚悟はできているつもりだったが、一糸まとわぬ姿になると恥じらいが湧き上がる。つい両腕で胸と下腹を隠したら、叱責の声が飛んだ。

「隠すな」

「……ごめんなさい」

手を下ろすと、ヴァルターの声に混じる不審げな響きが、一層濃くなった。

「どうしたんだ。素直すぎるぞ」

リゼルは黙ってうなだれた。これがとりあえず、自分にできる償いだ。ヴァルターの命令には一切逆らわず、言われるままに従う――それしか思いつかなかった。

本当はヴァルターの足元に平伏して、四年前の裏切りを詫び、気の済むようにしてくれと謝罪したい。ヴァルターがそんな恥辱を味わうなどとは、思いも寄らなかったのだ。

ただ、その話を誰に聞いたのかと問いつめられては困る。テオはヴァルターから口止めされていたのだ。喋ってしまったテオは、悪くない。自分がその立場ならやはり我慢できずに、四年間の出来事を告げて責めるだろう。

質問に答えないリゼルに苛立ったのか、ヴァルターが声を尖らせた。

「味を覚えて、男に抱かれなければ我慢できなくなったのか？　淫らな女だ」

テオに真実を教えられる前なら、懸命に否定しただろう。けれど今は違う。ヴァルターは今の自分の何倍も、何十倍もひどい侮辱を受けてきたのだ。否定も反論もしてはならない。そんな資格は、自分にはない。

うつむいたリゼルには、ヴァルターの表情は見えない。ただ、舌打ちが聞こえた。

「そんなにほしいのなら、積極的に奉仕しろ」

すぐ前に来たヴァルターが、リゼルの頭を押さえてひざまずかせる。

額を床にすりつけて罪を詫びろ、そういう意味かと思ったけれど、違った。

ヴァルターはリゼルの髪をつかんで、顔を自分の腰へ引き寄せた。

「くわえろ」

「え？　な、何を？」

まったく意味がわからず当惑したリゼルに、舌打ちが降ってきた。

「しゃぶれと言っているんだ。何をじっとしているんだ、純情ぶるな。それともあの男とは淡泊な交わり方だけで、本当にやり方を知らないのか？」

「……っ！」

ヴァルターの言葉と自分が取らされた姿勢から、何をくわえるよう言われたのかに気がついて、リゼルの全身が燃えるように熱くなった。

（あ……あれを、口でくわえるってこと？）

くわえてどうすればいいのだろう。しかしヴァルターの命令にはすべて従うと決めたのだから、そうするしかない。ズボンのベルトをゆるめ、前ボタンを外す。合わせ目から、まだ生気のない牡を引っ張り出す時は、羞恥に手が震えた。

（こういう形、してたのね……だけど、もっと硬いものだと思ったのに）

片手にあまる大きさの肉塊を、掌《てのひら》で捧げ持つようにしていたけれど、このあとどうすればいいのかわからない。くわえてしゃぶれと言われたことを思い出し、顔を寄せた。汗のにおいをもっと濃密にしたような、牡のにおいが鼻をつき、頭の芯がくらくらする。

口にふくむには太すぎる気がして、先端に唇を当てた。その瞬間、牡がびくっと震えた。

「きゃっ!?」

驚いて手を放したが、牡が垂れ下がることはない。水平に勃ち上がったままだ。

「何をしている。くわえてしゃぶれと言っただろう」

慌ててもう一度牡に手を添え、唇を当てた。また牡が震え、さらに勃ち上がって天を向く。こんなふうに大きく硬くなるのかと新鮮な驚きに打たれつつ、リゼルは牡の先端をすっぽりと口にふくんだ。

「……っ！」

牡が一層硬さを増したのに驚いたけれど、今度はくわえたまま放さなかった。『しゃぶれ』ということは、飴玉を舐めるようにすればいいのだろうか。牡の根元を手で支え、リゼルは丸い先端に舌を這わせ、頬の内側でこすった。

先端の小穴から、苦い液がにじみ出した。自分の唾液と混じって、口の中に溜まる。リゼルは喉を鳴らして、飲み下した。

ヴァルターの体が一瞬びくっと引きつった。けれど降ってくる声は相変わらず冷たい。

「下手だな。もっと、喉の奥まで飲み込んで唇でしごくとか、横からくわえて舐め回すとか、いろいろやり方はあるだろう。完全に勃つまでしゃぶるんだ」

今まで、口での奉仕という行為の存在さえ知らなかったのだから、下手なのは仕方がないと思う。しかし言い訳はできないし、具体的なやり方を指示されたので、どうすればいいのかはわかった。

（……こうかしら）

おそるおそる、根元近くまでくわえ込んでみたけれど、喉の奥を突かれて苦しい。横からくわえることにした。丸い先端から根元へ向かって、唇をすべらせる。歯を立てたら痛いだろうか。舐めるか、軽く吸う程度ならいいのかも知れない。

「ん……ふぅ……」

ますます濃密になる牡のにおいがリゼルの鼻孔を刺激し、喘ぎとも吐息ともつかない音がこぼれる。唇を側面に押し当てて吸ってみた。

「う……っ」

ヴァルターが呻く。不快だったのだろうか。リゼルは視線を上げて表情を窺った。

（え？　なぜ、そんな眼を……）

青灰色の瞳に浮かんでいたのは、苦悩の気配だった。裏切った自分を支配し、恥辱を味わわせているのだから、勝ち誇ってもいいはずだ。なぜ、自分自身が汚辱を味わっているかのような、苦しげな顔をするのか。

視線に気づいたらしく、ヴァルターがハッとしたようにこちらを見た。

「……上を見るな！」

頭を押さえられ、下を向かされる。元通りに視線を落として、舌を牡にからませながらも、リゼルはヴァルターの心中を思った。

（私の奉仕の仕方が足りないの？　もっとヴァルター様が気持ちよくなるように、積極的にしなくちゃいけないのかしら。……やり方がよくわからないけど、こんなふう？）

ヴァルターが言ったことや、昔漏れ聞いた洗濯女や料理女達の艶話を懸命に思い返し、横から裏筋に舌を這わせた。同時に、ヴァルターの腰にかけていた手をずらして、牡の根元へ持っていく。袋にそっと触れ、撫でた。

「う……」

上から、吐息混じりの低い呻き声が聞こえる。牡がまた震え、大きさと硬さを増し、天を突く勢いでそそり立った。

（これでいいの？　このやり方で、満足してくれるの？）

償いのために奉仕しているはずなのだけれど、ヴァルターが反応してくれると、自分の

体も熱くほてった。

（私の口で、気持ちよくなってくれているの？　ここ？　それともこっち？）

息遣いが荒くなるのが、自分でもわかった。愛する人を裏切った罪悪感と、その相手から奴隷のように扱われる悲哀と、自分の奉仕でヴァルターが興奮しているという倒錯した喜びが、リゼルの心をたぎらせる。こんなことで喜んではいけないと思いながらも、感情の昂ぶりを止められない。

牡の先端からあふれ出る蜜が、根元へと伝い落ちる。それを手に受け、袋に塗りつけてやわやわと揉む。蜜が潤滑液になり、さっき撫でた時とはまた違う感触が指に伝わってくる。きっとヴァルターも同じように感じているはずだ。

片手で牡を支えて、裏筋を根元まで舐めたあと、また先の方へ舐め上げ、舌先を尖らせて鰓《えら》の裏側をほじるように、くすぐるように刺激した。

「んっ……ん、ふ……ぅっ……」

吐息と一緒に、甘い声が自然にこぼれる。けれどリゼルの耳は、自分の喘ぎに混じって、徐々に荒くなるヴァルターの息遣いをしっかりと聞きつけていた。あふれる先走りが舌に苦い。汗のにおいを濃縮して、男臭さを加えたようなにおいが、鼻孔を責める。頭がくらくらしそうだ。

（大きい……こんなのが今まで何度も、私の中に入っていたなんて……）

笛を吹くように横から舌を這わせると、牡の長さと太さがよくわかる。口をいっぱいに開けて牡の先端をすっぽりくわえ、頬の内側でしごき上げながら、強く吸った。

「……うぅっ……!!」

耐えかねたような声が、リゼルの鼓膜を打つ。リゼルの髪をつかんでいた手に、ぐっと力がこもる。

「んぐぅっ!?」

同時に、口の中へ粘っこい液体がほとばしった。

(やっ、何これっ!?)

大量の液が、喉の奥まで一気に注ぎ込まれる。苦い。熱い。

反射的にリゼルは体をひねって顔を背けた。牡が抜けていく。注ぎ込まれた液がこぼれ落ちそうになり、反射的に口を閉じた。

(あ……これって、男の人の、液……)

この時にようやく、口中を満たしているものがヴァルターの精液だと気がついた。苦いけれど、部屋の床に吐き出すのは見苦しいし、はしたない。

「ん、んっ……」

頬の内側や歯に粘りつく液を、舌で喉の奥へ押しやって、懸命に飲み下した。息を内へ吸い込む音が聞こえ、口元を手で隠して視線を上げると、ヴァルターが驚いたように眉を吊り上げている。

「お前、飲んだのか？　飲みやすい代物じゃないはずだ」

「……」

どんな物であれ、ヴァルターの見ている前で、床に吐き出すようなはしたない真似はしたくなかったのだが、説明のために口を開いたら、残った白濁液がこぼれそうな気がする。それは恥ずかしい。

口をつぐんでいたら、ヴァルターが大きく息を吐き、首を横に振った。うんざりしたような仕草に見えた。

「なるほど、そうか。飲み慣れているのか」

「やっ、違……う、ぅっ！　こふっ、けほ……っ!!」

大きな誤解に焦《あせ》って反論しようとしたら、むせた。床に座り込んだまま、横を向き口元を押さえて咳《せ》き込《こ》むリゼルに、冷ややかな声が降ってくる。

「この館へ連れてきた夜、お前は出血していた。シュテファンという男は長く病《や》みついていたそうだし、ずっと交わっていなかったのだろうと思っていたが、代わりに口で奉仕していたということか。舌使いは下手なくせに、飲み下すのは得意とは……そんなに男の汁が好きなのか？　本当に淫らな女だな」

「違……っ」

必死に反論しようとして、リゼルは思い出した。

（いけない……何も逆らわないし拒まない、すべてヴァルター様の言うとおりにするって決めたのに）

誤解されることも含めて、すべてを受け入れなくては償いとは言えない。

リゼルは黙って目を伏せ、口元に粘りついた液を指先で拭った。

ヴァルターが部屋の奥へ歩く気配がした。そっと視線を向けると、ベッドに腰を下ろして、ズボンと下着を脱いでいるのが見えた。

「口はもういい。こっちへ来い」

リゼルに命じておいて、ヴァルターが寝台の中央で仰向けに横たわる。

「上にまたがって、自分で入れて動け」

「自分で？」

すぐには意味がつかめなかったが、理解した瞬間、全身が燃えるように熱くほてった。

口での奉仕を命じられた時もためらったけれど、今の命令はさらに羞恥を煽る。

「どうした、飲むのに慣れているくらいだ。自分が上になって愉しんだこともあるんじゃないのか？」

ヴァルターが何か言う前に精液を飲み下したことで、リゼルのことを淫らな女だと思い込んだらしい。嘲りと蔑みの混じった口調だった。

（……だめ。言い訳する資格なんか私にはないのよ。どんなことでもして償わなければ）

ベッドに上がり、ヴァルターの横に座った。

「あ、あの……失礼、します」

何を言っていいのかわからなくて、それでも無言でまたがるのは憚《はばか》られて、わけのわからない挨拶をしてしまった。しかし、乗ろうとすると厳しい口調で命令された。

「そうじゃない、足の方を向いてまたがるんだ」

「は、はい……」

ヴァルターに尻を向けて脚を大きく開くのは、予想以上に恥ずかしかった。向かい合っている方がまだましだ。ヴァルターの視線が自分のどこに向いているのかわからないので、不安になる。それでも言うとおりにするより仕方がない。リゼルはヴァルターに背を向け、脚を大きく開いて、彼の引き締まった腰の上にまたがった。

屹立した牡の上に、自分の秘裂が来るように位置をずらし、ゆっくりと腰を落とす。

「……んっ」

逞しいままの牡が秘裂に当たった。熱さを直接感じただけで、体が大きく震える。けれどやめるわけにはいかない。なおも腰を落とした。しかし花弁の合わせ目にうまく入らない。焦ったリゼルは片手を自分の股間へすべらせ、指で秘裂を開いた。

「……っ……」

ヴァルターが喘ぎとも吐息ともつかない声をこぼした。秘裂に当たっている牡はさらに硬さを増して、灼《や》けた鉄の杭を思わせる。もしや、自分のこんな淫らな姿を見て、興奮しているのだろうか。

指で広げた柔肉の間に、牡の先端がめり込んだ。

「はぅっ……う」

粘膜が引きつる。けれど予想していたよりもずっと痛みは少なかった。自分の中からにじみ出した蜜液のためだ。今までと違って、ヴァルターに直接触れられたわけではない。奉仕して、見られているだけなのに、自分は濡れている。

（やだ、恥ずかしい……あっ、またあふれてきちゃう）

意識するとなお一層体がほてった。ほしい。愛されたい。ヴァルターと繋がりたい——こみ上げる欲求に耐えかね、リゼルは一気に腰を落とした。

「はぅっ！　あ、ぁああっ……!!」

根元まで、沈めた。蜜孔の粘膜は限界まで引き延ばされ、裂けそうなほど引きつる。それでも自分の体は、苦痛より快感を強く覚え、とめどなく蜜液をあふれさせる。ヴァルターはどうなのだろう。彼にも気持ちよくなってほしい。自分の奉仕が役立ってほしい。そして自分も、もっと気持ちよくなりたい。

ヴァルターに今まで抱かれた時のことを思い出し、リゼルはヴァルターの腿に手をついて上体を支え、激しく腰を揺すり始めた。

「あっ、ぁ、あんっ……く、はぅ……っ！　ん……」

耐えきれずにこぼれた喘ぎは、とめどなく、高くなる。だが自分の声に重なって、ヴァルターが「くっ」と低く呻いたのを、リゼルの耳は確かに捕らえた。そればかりでなく、自分の動きに合わせて、ヴァルターが下から突き上げ始めた。

「ひぁっ、ん！　そこ、だめぇ……くはっ、う!!」

逞しい牡が、自分の中を掻き回す。蜜壺の、奥の奥まで突きまくられる。気持ちよくておかしくなりそうだ。

リゼルは何度も顎をそらしてのけぞった。ヴァルターは今、どんな顔で自分を抱いているのだろう。――どうしていつもいつも、抱く時に顔を見せてくれないのか。やはり自分を憎んでいるからなのか。

そう思った時、子宮が潰れるかと思うほどの荒々しさで、突き上げられた。ヴァルターの牡が、大量の熱い液を噴き上げる。

「あ……ぁあああーっ！」

悲鳴に近い声を上げ、髪を振り乱してリゼルは絶頂へと昇りつめた。

――そのあとは、気を失ってしまったらしい。

気づくと自分は寝かされており、ヴァルターはこちらに背を向け、寝台の端に腰を下ろして靴をはいていた。立ち上がる気配に、思わず呼びかける。

「……ヴァルター、様……？」

ドアへと歩きかけていたヴァルターが、足を止めた。背を向けたまま、重く苦い口調で問いかけてくる。

「なぜ急に積極的になった？　それとも今日のお前が、本当の姿なのか」

「……？」

「死んだシュテファンという男とは、毎回今日のように激しく交わっていたんじゃないのか。今までいやがっていたのは、相手が俺だからなんだろう？　それが今日になって、男ほしさに耐えきれなくなった……そういうことか」

言葉の意味が頭にしみ込んできて、リゼルの体温が一気に下がった。ヴァルターは激しい誤解をしている。

「ち、違……」

抗弁しようとしたが、喉が渇ききってうまく喋れない。それに自分は、一切反論してはならないのだと思い出した。

無言のリゼルに「淫乱女」と吐き捨てて、ヴァルターは部屋を出ていった。

（違うの、そんな理由じゃないの……あなたを、愛してる……）

一人きりの部屋で、リゼルはひたすらすすり泣いた。

5　交錯する罪の意識

「なぜだ……くそっ」

グラスの酒を口の中へ放り込むようにして飲み干し、ヴァルターは独り言をこぼした。昼間から酒に溺れるのはどうかと思うが、心が鬱々《うつうつ》として、飲まずにはいられない。

国王の供から戻って半月がすぎた。

リゼルの態度は変わらない。異様に従順なままだ。どんなに恥ずかしい行為を命じても、ひどい言葉をぶつけても、一切逆らわないし反論もしない。「いや」とか「やめて」とかいう、言葉の上だけでの抵抗さえ、ほとんどしなくなってしまった。顔には微笑が浮かんでいるけれど、瞳はどこか哀しげだ。

まるで意志のない人形か、心が死んだ者を抱いているかのようだ。

（リゼルがあんなふうになることを望んだわけじゃない）

取り戻したかった。リゼルを妻として腕に抱き、稚拙《ちせつ》ではあっても純粋で真剣な愛情を育んだ日々に、戻りたかった。だからこそ強引に館へ連れてきた。一度自分を裏切った女に執着し続ける姿は、他人から見れば未練がましく見苦しいかも知れない。だがどうしようもない。リゼルでなければだめなのだ。

たとえ国王が相手であっても、リゼルだけは渡せない。だが敬愛する王が、ほしいと望んでいるのを拒むのだ。生半可《なまはんか》な理由では無理だろうと思った。そのためリゼルを貶《おとし》めたのだ。

自分が『汚れた女』と言った時、リゼルは深く傷ついたような表情をしていた。思い出すと胸が痛む。

（……何を今更。リゼルは自分で『悪いのは私』、『自分から誘って駆け落ちをした』と言っていたんだ。俺を裏切って駆け落ちしたんだから、汚れた女と言っても間違いではないはずだ）

罪悪感を無理矢理押しつぶし、ヴァルターは再びリゼルとシュテファンのことに思いを巡らせた。

初めてここへ連れてきた日、リゼルはいまだにシュテファンを愛しているのだと思い知らされた。自分との間に子供ができれば、死んだ者のことなど忘れるかと思ったけれど、それは浅はかな考えだったのだろうか。

しかも嫉妬心が邪魔をして、リゼルを優しく扱うことができない。愛しているのに、ずっとリゼルだけを想い続けていたのに、面と向かうと、いじめるような言葉ばかりを発してしまう。毎夜、嘲罵《ちょうば》の言葉を浴びせられつつ抱かれるうちに、リゼルの心は凍りついてしまったのかも知れない。だから自分に一切逆らわず、人形のように従うのか。

(いつからだ。どんな風にシュテファンと知り合って、愛し合うようになった？　俺に向けての愛の言葉は、すべて芝居だったのか？　そんなはずはない。俺を見ていた瞳にも、あの時のキスにも、嘘はなかった)

そう思いたいけれど、現実にリゼルは自分を捨てて逃げたのだ。

シュテファンの身元を調査させたけれど、ヴァルターが一番求める情報——リゼルといつどのようにして知り合ったのかは、誰も知る者がいなかった。

シュテファンがどんな男だったのか、この目で確かめることはできなかった。闘病のせいか死に顔はやつれていたけれど、優しげに微笑んでいた。生前はきっと、知的で穏やかな雰囲気の持ち主だったのだろう。

だがそれだけでは、自分が捨てられ、彼が選ばれた理由に納得はできない。もう少し早く訪ねていれば、シュテファンと話ができただろうか。

(……馬鹿な、何を話すつもりだったというんだ。間抜けな寝取られ男が、寝取った男に向かって理由を訊くのか？　リゼルを返してくれと頼むのか、それともお前のせいで俺は不幸な目に遭ったと罵《ののし》るのか。そんな真似をすれば惨めになるだけだと、わかっていたじゃないか……)

今はリゼルを毎晩のように抱いている。所有しているはずなのに、虚《むな》しさとやりきれなさが増して、心が晴れない。

初めて抱いた夜のリゼルは、すべてにおいてぎこちない反応だったし、出血までしていた。処女だったのか、ずっと貞操を守っていたのかと思いたくなったけれど、そんなはずはない。リゼルは四年間も他の男と同棲していたのだ。

（寝ていなかったはずはない。だからこそ、あんなに成熟して……）

四年前のリゼルは、キスをしただけでも驚いて、かちこちに固まっていた。

それが今はどうだろう。脱がせて体を開かせる時には恥じらいを示すものの、愛撫を重ねるうちに身を震わせ、甘い喘ぎをこぼし、突き上げに合わせて腰を使う。蜜壺はとろけそうにやわらかく、それでいて、自分の牡を食いちぎりそうなほど締めつけてくる。

（シュテファンという男に、教えられたのか？）

自分以外の男が丹精して、堅いつぼみのようだったリゼルの体を花開かせ、あれほど感じやすく変えてしまったのかと思うと、嫉妬で気が狂いそうになる。だからこそ、リゼルを激しく責めずにはいられない。

昨夜も抱いた。浅ましい肢位を取らせ、恥知らずな奉仕を命じた。それでもすべてを従順に受け入れたリゼルに苛立ち、なぜだと詰問した。

『償いたいの。私、本当にひどいことをしてしまった……こんなことが償いになるとは思えないけれど』

『思えないなら、なぜ従うんだ』

哀しげな微笑《ほほえ》みを見て、カッとなってどなったけれど、リゼルの表情は変わらなかった。

それどころか、ヴァルターが予想もしなかった言葉を口にした。

『私が生きていない方がいいなら、殺して』

『何？』

『手を下す価値もないと思うなら、死ねと一言命じてくれるだけでいいの。私、自分で始末を付けるから』

死んでほしいなどとは、考えたこともない。自分が求めているのはただ一つ、リゼルの心だ。だが今もシュテファンを愛しているのが明らかなリゼルに、『あの男を忘れろ。俺はお前を愛している、お前も俺を愛せ』とは言えなかった。今度拒絶されたら、自分はこの手でリゼルを殺してしまうかも知れない。

（……だめだ。こんなことばかり考えていたら、気がおかしくなる）

遠乗りにでも出よう。冷たい風に身を晒せば、少しは心が引き締まるかも知れない。テオに支度を命じようと思ったが、部屋には自分一人しかいない。飲み過ぎを心配する従者が鬱陶《うっとう》しくなって追い払ったことを思い出した。テオだけでなく、他の使用人にもこちらが呼ぶまで部屋に近づくなと言ったように思う。

（呼びに行くか。喉も渇いたし）

グラスに入れて部屋まで運ばれた水ではなく、井戸から汲んだばかりの新鮮な水が飲みたい。厨《くりや》まで歩けば途中で誰か使用人に会うだろうから、遠乗りの用意をするようテオに伝えさせればいい。

部屋を出て廊下を進んでいくと、誰かが言い争う声が聞こえてきた。

（なんだ？　一人は……テオか？）

ヴァルターは眉をひそめた。自分の一番身近にいる従者が揉め事を抱えているのに、主《あるじ》の自分がそれを知らないのは問題だ。足音を忍ばせて近づき、柱の陰に身を隠して様子を窺った。

「……あんな女、地獄に落ちればいいんだ！」

「言葉を慎みなさい、テオ。ご主人様とリゼル様の間に何があったか、本当のところは私やあなたにはわからないのよ」

語気の荒いテオとは対照的に、落ち着いた口調でたしなめているのは、リゼルに付けた侍女のヨハンナだ。三十代後半の未亡人で、何があっても動じない落ち着いた人柄を見込んで世話係にした。最初の頃はあくまで事務的な態度で世話をしていたようだが、徐々に、リゼルに対する態度や、ヴァルターに一日の出来事を報告する口調に、リゼルへのいたわりが増してきた気がする。

そのヨハンナがテオに、説き聞かせている。

「ただの推測だけど、私は、リゼル様がご主人様を裏切ったわけじゃないと思うわ」

「そんなこと、あるものか！　四年前の騒ぎを知らないくせに！」

「大声を出さないで。……リゼル様の眼は、いつもいつもご主人様を案じているわ。ご主人様が初めて連れてきた夜のことといい、私にはリゼル様が他の男と情を通じていたとは思えないの。駆け落ちを装って逃げたふりをして、本当はずっと純潔を守っていたんじゃないかしら」

「！」

こっそり聞いていたヴァルターは驚いた。もしそうなら、自分にとって望外の喜びと言える一方、今まで嫉妬心からリゼルを責め続けたことを、深く深く詫びなければならない。しかしヨハンナがそう考える根拠はなんなのか。

テオも同じ疑問を持ったらしく、そう考える理由を問いただしている。

「シーツに血が……いえ、これは男の人に話すことじゃないわね。とにかく、リゼル様が礼拝堂で何を祈っているか、知ってる？　この前、祈りが終わる前に迎えに入ってしまって、偶然聞いたのよ。ご主人様のご無事をひたすら願っていたわ」

「馬鹿げてる。きっとただの格好付けだ」

「あなたがご主人様思いなのは知っているけど、そのせいで視野を狭めてはだめよ」

「余計なお世話だ。だいたい、もしご主人様を裏切ったんじゃないっていうなら、なぜ結婚式をすっぽかして逃げたんだ？」

「本当に、ただの推測よ。だけど、リゼル様は……身を引いたんじゃないかしらね」

「身を引く？」

「そう。何かしらの負い目があって、結婚できなくなった。でも事情を口に出すわけにはいかないとなれば、自分が悪者になって逃げるしかないじゃないの。……テオは若いから知らないだろうけど、そういうことは多いのよ？　妻が夫の親から別れるように圧力をかけられて、心にもない愛想《あいそ》づかしを夫に言ったり、あるいは、子供と別れるしかなくなった親が、子が養親になじむためには自分が嫌われなくてはいけないと思って、冷たい態度を取ったりね」

いろいろあるのよ、と呟いたヨハンナの声音《こわね》は、過去を思い返すかのように寂しげだ。彼女自身に似たような経験があるのかも知れない。

「そんなの、ヨハンナが思ってるだけだろう。俺はあんな女は信用しない」

テオは悪態をついて身をひるがえし、去っていった。ヨハンナは「困った子」と呟いたあと、広い庭を挟んだ礼拝堂へと目を向ける。中でリゼルが祈る間、待っているらしい。

（リゼルが、身を引いた……？）

今まで考えもしなかった可能性に、ヴァルターの心は揺れた。ならば駆け落ちという書き置きは、嘘だったことになる。

もしそうなら、どれほどいいだろう。四年前の、自分を愛しているというリゼルの言葉は真実で、死んだシュテファンとはなんの関係もなく、自分のために純潔を守ってくれていたのなら――。

（……いや、舞い上がるな、よく考えろ。リゼルに身を引く理由があったか？）

自分とリゼルの結婚は、国王の施政方針に従って、両家の親が納得したうえでの縁組だった。身を引こうと思いつめるほど、強硬な反対があったはずはない。それとも自分が知らない事情があったのだろうか。

考えてもわからない。

「……畜生《ちくしょう》っ」

ついこぼれた呻き声が聞こえたらしく、ヨハンナが驚いた顔でこちらを透かし見る。見つかった以上は仕方がないと諦め、ヴァルターは大股に歩み寄った。

「リゼルは礼拝堂か？」

「は、はい。もうすぐ祈り終わる頃だと思いますわ」

「お前は下がれ。リゼルを部屋に連れていくのは、俺がやる」

「……」

何か言いたそうな顔をしたけれど、結局無言で一礼しただけで、ヨハンナは下がっていった。

扉を開けると、それを見届け、ヴァルターは礼拝堂に向かった。

祭壇に向かってひざまずき、深く頭《こうべ》を垂れているリゼルが見えた。誰のために祈っているのだろう。何か呟いているが、ここからではよく聞こえない。

（ヨハンナは、リゼルが俺の無事を祈っていたと言った。だが本当にそうなのか？　シュテファンの冥福を願っているのだとばかり思っていた）

スヴェン侯討伐から戻った時には、塔の部屋の窓からじっと自分の方を見ていた。目が合うと、無邪気な顔で微笑んで手を振った。四年前、まだ何のわだかまりもなく、互いに愛していると言い合えた頃のように。

腕を負傷したと勘違いして、ひどく心配そうな顔をしていたし、怪我がないと知った時には、心からの安堵をにじませて溜息をついた。

（まさか、リゼルは本当に俺を愛しているのか？　そんなことが、あり得るのか？）

かける言葉が見つからず、ヴァルターは礼拝堂の入り口に立ちすくんでいた。

吹き込んだ冷たい夜気で、誰かが来たと気づいたらしい。リゼルが上体を起こして振り向いた。

「ヴァルター様!?」

てっきりヨハンナが迎えに来たと思っていたらしい。リゼルが驚いた顔で立ち上がる。

ヴァルターは後ろ手に扉を閉め、リゼルに歩み寄った。

「訊きたいことがある。四年前の件だ。あれは駆け落ちではなかったんだな？」

「……っ！」

リゼルが音をたてて息を吸い込む。「なぜ、それを……」という呟きが、わななく唇からこぼれた。

うまく引っかかってくれた。リゼルは駆け落ちをしたわけではなかったのだ。だが、かまを掛けるにも材料が要《い》る。これ以上、どう誘導尋問したらいいのだろう。

賭けのつもりで言ってみた。

「いろいろ調べてわかった。もう隠すな、正直に言え」

リゼルがうなだれる。当たっているようだ。まだ、隠している事情を打ち明ける気にはなれないらしい。ヴァルターはもう一押しした。

「一人で決めたのか？　親にも相談せずに？」

「相談したら、反対されるのがわかっていましたから」

ますます深くうなだれて、リゼルが告白する。

「あの日逃げていったあとでも、人に知られないうちに帰れって叱られて、お父様はなかなか受け入れてくれませんでした。ヴァルター様の妻になる資格はないということを理解してもらって、一緒に他の都市へ逃げるまでは、本当に……」

「何？　どういうことだ。お前、マルティン男爵のところに逃げていたのか？」

当惑のあまり、口を挟まずにはいられなかった。リゼルの失踪には彼女の父親、つまりマルティン男爵がからんでいたというのか。当時の男爵は、娘のしでかした不始末に憔悴《しょうすい》しきっているように見えた。あれが芝居なら大したものだ。

「あ……」

リゼルがハッとした様子で顔を上げる。眼を丸く見開いて、ヴァルターを凝視した。そのあと、激しく首を左右に振る。

「違うんです、違います。ごめんなさい、言い間違えました。お父様は関係ありません」

「関係ないわけがあるものか。今お前が自分の口で『お父様に受け入れられなかった』と言っただろう」

「言い間違いです。ただの、言い間違いなんです」

繰り返すリゼルの表情はこわばり、頬が白くそそけだっていた。トパーズ色の瞳には、決して真実を明かすまいという決意がにじんでいる。そういえばリゼルは芯の強い性格だった。こうと決めたら何を言っても揺るがない。

ヴァルターは悔やんだ。

どの言葉がまずかったのかわからないけれど、自分が実は四年前の真相を何も知らないのだと、リゼルは悟ってしまったのだ。だから口をつぐむと決めた。

（くそっ、もう少しで真実を告白させることができたのに……）

あれがシュテファンとの駆け落ちではなく、リゼル一人で決めたことだったのはわかった。けれどもまた新たな謎が出てきた。

「だったら家出した理由はなんなんだ。俺の妻になる資格はない、とはどういう意味だ」

「ごめんなさい、ヴァルター様を傷つけて、いやな思いをさせて……私がふしだら女として蔑まれるだけで済むと思っていたんです。まさかヴァルター様が周囲の笑いものになるなんて、思いも寄らなくて」

「それはお前が失踪した後の話だろう！　俺が訊いているのは、失踪するまで思いつめた理由だ！」

昂ぶる感情を抑えきれなくなり、ヴァルターはリゼルの肩を両手でつかまえてどなった。それでもリゼルは真相を明かそうとせず、自分が悪いとだけ繰り返す。どんな事情を抱えていても受け止めるつもりでいるのに、なぜ伝わらないのか。

心を開かないリゼルへの怒りが、体の奥に沈潜していた酒の酔いを呼び起こした。

「……どうしても言わないのなら、体に訊いてやる……!!」

「きゃあっ!?」

礼拝堂の床にリゼルを押し倒した。ドレスの胸元に手をかける。リゼルが顔色を変え、ヴァルターの胸に腕を突っ張って抵抗してきた。

「やめて、やめてください！　ここをどこだと……礼拝堂なのに！　神様の前で、こんなこと……!!」

「神の前？　だったら嘘をつくな。本当のことを言え！」

「そ、それと、これとは……!!　とにかく、ここではだめです！　お願い、部屋に戻ってからにして！」

よほど恥ずかしいのか、リゼルの顔は真っ赤に染まり、目には涙が浮かんでいる。

そういえば屋敷へ連れてきたばかりの頃、昼日中にリゼルを抱いた時には、部屋の明るさや、鏡に映った痴態を恥じて、ひどく抵抗した。今も昼間だし、場所は礼拝堂だ。常々祈りを捧げている、聖像が置かれた祭壇の前で交わるのは、リゼルの倫理では認めがたいことなのだろう。

だがどんな理由であろうと、リゼルが自分を拒む――そのことが、ヴァルターの心を鋭く深く突き刺す。愛する女を組み敷いているというのに、虚しくてたまらない。自分がほしいのは体ではない。人形のようなリゼルを抱いて、なんの意味があるのか。

「何が『神様の前』だ！　お前にこんなふうに拒まれ続けるなら、神など必要ない!!」

「……っ……」

リゼルが息を呑む。自暴自棄な気分でヴァルターは呟いた。

「俺には、神の救いなどない。そんなものにはもう、期待しない。……お前が心を開かない以上、何も、意味はないんだ」

「……ヴァルター様」

自分を見上げるリゼルが、瞳を潤ませる。胸に突っ張っていた細い腕が外れた。

「ごめんなさい。そこまで、あなたを苦しめるなんて……でも、私……」

今までとは違う、哀しげなトーンの声だった。しかし何か言いかけて急に、リゼルは横を向き口を押さえた。

「うっ!?　ん……ぅ、ぐっ！」

「おい、どうした!?」

ただならぬ様子にヴァルターは身を起こし、リゼルの上からどいた。リゼルは体を丸めて背中を波打たせている。激しい吐き気に襲われているらしい。

「どうしたんだ、気分が悪いのか!?」

寒い礼拝堂に長くいた上、自分に問いつめられて具合が悪くなったのだろうか。ひどい苦しみ方だ。

（病気か？　いったい何の……）

重病で、命に関わるものかも知れない——そう思った瞬間、全身の血が一瞬にして足下に落ち、体温が下がる気がした。

「部屋に戻るぞ！　吐きたくなったら吐いていいからな‼」

「う……っ」

ヴァルターは急いでリゼルを抱き上げた。たまたま体調を崩しただけなのか、何かの病気なのかわからないが、とにかく暖かい場所に連れていって休ませ、医者を呼ばなければならない。四年前の真相は知りたい。しかし今は、それどころではなかった。

「ヨハンナはいるか！　いや、誰でもいいから来い、リゼルが病気だ‼」

大声で叫びつつ、ヴァルターはリゼルを抱いて走った。声に気づいたのか、使用人達が駆け寄ってくる。下がれと命じたヨハンナも、近くに控えていたらしい。彼女がいれば安心だ。安堵の溜息がこぼれた。

だがその時、広い庭を突っ切って走ってくる使用人の姿が目に入った。最初は騒ぎを聞きつけて走ってきたのかと思ったが、様子が違う。書状のようなものを手にして、大声で呼びかけてきた。

「ご主人様、フーゴ伯からの使者がおいでです！　野盗の件です、新たにわかったことがあるとかで……‼」

「！」

山脈を越えた西の領主、フーゴ伯の領地近辺で、野盗が暴れているという噂は聞いていた。自分の領地にはまだ現れていないが、警戒が必要だと感じていたところだ。何があったのだろう。しかしリゼルを放っていくわけにはいかない。

そう思って迷った時、リゼルがヴァルターの腕にそっと手をかけた。

「大丈夫、です。私、もう、大丈夫ですから」

「リゼル」

「どうぞ、使者の方に会いにいらしてください。もう、平気です。下ろして……」

顔色は悪いが、口調はきっぱりしている。領主としてのヴァルターの立場を考えたうえでの判断だろう。健気《けなげ》に感じて、このまま部屋まで抱いていきたくなったが、それではリゼルの配慮が無駄になる。

ヨハンナが言葉を添えた。

「私がついて、お部屋までお連れします。どうぞご心配なく」

「そうか……それなら、頼む」

事態が落ち着いたと見てか、使用人達がそれぞれの持ち場へ戻っていく。リゼルもヨハンナの腕にすがれば、問題なく歩けるようだ。これなら大丈夫だろう。その時、別の使用人が大小の箱を抱えてこちらへやってきた。

使者が待つ広間へ向かおうと、ヴァルターはきびすを返した。その時、別の使用人が大
「ご主人様、ご注文の毛皮と金細工が届きました！　どんなご婦人でもお気に召すはずと、金細工師が胸を張っていたそうでございます」

かねてからの懸案が片付きそうだ。ほっとして、ヴァルターは答えた。

「部屋へ運んでおけ。中を確認したあとでクロティルデ家へ送ろう」

言いながらリゼルの方へ視線を戻すと、自分がクロティルデ家という名前を口にした瞬間、細い肩がびくっと震えたのが見えた。

（……なんだ？）

こちらに背を向けているので、リゼルの顔は見えない。また吐き気が出たのだろうか。しかしヨハンナがついていることだし、大丈夫だろう。それより野盗についてわかった新たな情報とやらを、使者から聞かなくてはならない。

リゼルが何に反応したのか深く考えることなく、ヴァルターは広間へと向かった。


一方、塔の部屋に戻ったリゼルは、蜂蜜を溶かした温かいミルクを飲んで体を温め、ベッドに入った。

「お医者様を呼ばなくて、本当に大丈夫ですの？」

「ええ。礼拝堂で冷えたせいだと思うわ。さっきのミルクでとても暖まった気がする。ありがとう、ヨハンナ」

「それはいいのですけれど、このところリゼル様は食欲にむらがあるようですし、疲れがたまっておいでのように見えますわ。今日でなくてもそのうち一度、診察をお受けになった方がいいと思いますわ」

「ええ、そのうち……今日はもう、眠るわ」

そう言ってヨハンナに部屋を出てもらったけれど、寝付けない。

礼拝堂でヴァルターが口にした、『お前にこんなふうに拒まれ続けるなら、神など必要ない。お前が心を開かない以上、何も、意味はない』という言葉には、胸が震えた。自分を憎み、嫌っているだけならこんな言い方はしないだろう。裏切りを責めるのは、愛情の裏返しではないかと思ってしまった。

だがそれは単なる勘違いでしかなかったようだ。

（クロティルデ家って、以前国王陛下が仰った、若くて綺麗な未亡人のことよね）

ヴァルターに国王が言った『いい縁組を世話する』という言葉は、やはりクロティルデ家の未亡人を指していたのだろう。その女性にヴァルターが毛皮や金細工を贈るという。結婚する気で、具体的に話を進めているのだ。

国王の命令はすなわち、決定事項といえる。

哀しくて切なくて、涙が出てきた。

（……馬鹿みたい。ヴァルター様の妻になれないことなんて、最初からわかっていたはずなのに、今更哀しむなんて）

自分に言い聞かせ、リゼルは先のことへ意識を向けようと努力した。

（私はここにいちゃいけないんだわ）

時折見せてくれる優しい気遣い。酔って発した、心からの叫びとも思える言葉。自分を気遣う瞳――そんなものにすがって、もしかしたらヴァルターに愛されているのではないかと期待した。自分にそんな資格はない、早く身を引かなければと思いつつも、そばにいてヴァルターの命令に従うことで、少しでも過去の罪を償えるのではないかと思っていた。

だがもう、終わらせなければならない。

たとえヴァルターが自分に、館にとどまって奉仕することを命じてきたとしても、従えない。今までとは事情が違う。奥方になる女性は、リゼルの存在に不快感を覚えるだろう。夫婦の間に亀裂を入れてしまったら、ヴァルターが不幸になる。

(館を出なくちゃ。遠くの町へ行って、二度とヴァルター様とは会わないように……)

最初の頃に比べると、リゼルに対する監視は非常にゆるやかになっている。塔の部屋のドアに錠が下ろされることもなくなった。ぐずぐずしていたら、観察力の鋭いヨハンナに様子がおかしいと気づかれるかも知れない。

(そうと決めたら、今のうちに荷物をまとめなくちゃ)

リゼルは身を起こし、ベッドから下りた。本当は、館へ来てから与えられた物は、服も靴もすべて置いていきたい。けれども、ここへ連れてこられた時に着ていた服はどうなったかわからないし、この真冬に薄着で雪の積もった道を逃げたら、すぐに風邪を引いて熱を出して倒れてしまう。遠くまで逃げないうちに倒れたら、結局連れ戻されてしまう。

櫃《ひつ》の中にはいろいろな上着が入っていたはずだと思い、リゼルは蓋を開けた。

(うーん、これは薄くて冷えそう。こっちは毛皮や宝石付きで上質すぎるわ、こんなの借

りていけない。もっと簡素で暖かい服、ないかしら。……あ、この靴下はいいわ。暖かいもの）

あれこれ考えつつ、櫃から服を引っ張り出していた時だ。

「リゼル様、入りますよ」

「あ……‼」

返事を待たずに、ヨハンナがドアを開けて部屋の中へ入ってきた。陶製の湯たんぽを抱えている。リゼルが寒くないようにと持ってきてくれたのだろう。

「……何をしていらっしゃいますの？」

蓋を開けた櫃と、引っ張り出した服、ベッドから出て床に座っているリゼルを見て、ヨハンナが眉をひそめる。リゼルは慌てて言い訳をした。

「あ、あの……寒くて。ベッドの中にいる間はいいけど、その、用を足す時とか……暖かい服がほしいなって」

「そうですね。天気を見るのがうまい庭師が、今夜はひどく冷え込むはずだと言っていましたわ。それで湯たんぽをお持ちしましたの。ところで、普段お召しになる物はそちらの行李《こうり》に入れておりますよ。ご存じでしょう？」

「そ、そうだったかしら。忘れていたわ」

「吐き気が収まったからといって、無理は禁物ですよ。さあ、ベッドに戻ってください。これは私が片付けます」

ヨハンナはリゼルをベッドに戻らせ、布団の間に湯たんぽを押し込んだ。

（ばれたかしら？　逃げ出すつもりで服を出したこと……）

服を片付けるヨハンナを盗み見たけれど、特に変わった様子はない。逃げる支度とは思わなかったのだろうか。それとも気づかないふりをしているだけか。探りを入れようと、当たり障りのない話を持ちかけてみた。

「あ、あの、フーゴ伯の使者はもうお帰りになったの？　なんだか、野盗の話だって聞いたけれど、不安だわ」

「無理もありませんわね。でもきっと、ご主人様がきちんと手を打ってくださいますわ」

最近この地方に、武装した凶暴な盗賊団が出没しているという。盗賊団の大部分は、先日、帝国に内通していた罪で討伐された、スヴェン侯の部下だった。

軍勢を動かしてスヴェン侯にこちらの動きを悟られるよりは、少人数で急襲して逃げる隙を与えず捕縛したいと国王が考えたため、討伐は成功した。伯が抵抗したため、捕縛ではなくその場で斬り捨てる結果となったが、これは想定内だった。

しかしスヴェン侯の配下を全員捕らえることは不可能だった。主を失って混乱した部下達のうち、一部は国王の前にひざまずいて恭順を誓ったものの、大部分は城から逃げた。反逆罪に問われることを恐れたのだろう。彼らが集結して盗賊団となり、近隣の街を襲っているという。それも、金目のものは根こそぎ掻っ攫い、女を攫い、邪魔する者は容赦なく殺す、きわめて凶暴なやり方だった。主君のスヴェン侯を殺され、外道《げどう》の逆恨みで暴れ回っているのかも知れない。

もっとも恨まれているのは国王だろうが、首都はここから遠い。すぐ近くを統治しているヴァルターが、標的になってもおかしくなかった。

フーゴ伯がそれらの事情を知ったのは、街を襲った際に重傷を負って、仲間に置いていかれた賊を捕らえたためだった。賊の口から前記の事情を聞き取った伯は、ヴァルターに注意を促さねばならないと考えて、使者を送ってくれたのだ。国王に対し、討伐部隊を送ってくれるよう願い出たものの、首都からこの地方へ軍勢が送られるには諸般の手続きで時間がかかる。それまでは気をつけて自衛するようにと、新しく赴任した領主を気遣う書状だったらしい。

ありがたい心遣いだけれど、内容は怖い。

「……大丈夫かしら。聞いたら余計に怖くなったわ」

「用心は必要ですけれど、無闇《むやみ》に心配なさる必要はありませんわ。スヴェン侯の配下が中心なら、ご主人様の武勇のほどはよく知っているはずですもの。しょせん盗賊です、仇討《あだう》ちなどと殊勝なことは考えず、危険を避けて別の地方へ行くのではないでしょうか」

「それならいいけど」

「きっとご主人様が、何か対策をお立てになるでしょう。柵を頑丈に作り直すとか、街の男手を警備に駆り出すとか。リゼル様がお気に病むことではありませんわ」

「ありがとう。ヨハンナはなんでもよく知ってるのね」

「使者の方とご主人様の話を聞いていた使用人が、教えてくれましたの」

「そう……」

事情通らしいヨハンナに聞けば、クロティルデ家の未亡人とヴァルターの結婚話がどうなっているのかについても、わかるだろうか。そんな思いがリゼルの脳裏をよぎったが、意識して押し込めた。

贈り物までする以上、ヴァルターの気持ちはその未亡人に傾いているのだろう。尋ねたところで自分が惨めになるだけだ。

(訊く必要はないわよね。どうせここを出ていくんだもの)

ヨハンナが一枚毛布を増やしてくれた。

「リゼル様は無闇に心配なさらず、早くお元気になられることですわ。もう一枚、毛布をおかけしましょう。暖かくしてお休みください」

「ありがとう。もう眠るわ」

櫃から衣服を引っ張り出していたことについて、ヨハンナはまったく何も言わない。寒かったから着る物を探したという言い訳を、信じてくれたのだろう。

(今のうちに眠って、夜に抜け出すのがいいわ。雪が降らないならちょうどいいもの)

行くあてはない。とにかく遠くへ行こう。どこかの修道院を教えてもらって、そこで働かせてもらえばいい。

そう決心して、リゼルはまぶたを閉じた。

6　命を賭けた果ての愛

夜半過ぎ、リゼルは足音を忍ばせて塔の部屋を抜け出した。櫃《ひつ》の奥から見つけ出した、フードのついた長いローブは巡礼がまとう衣服によく似ているし、暖かい。この格好なら街道を歩いていても、悪目立ちすることはないだろう。

使用人の数が少ないこの館では、屋外に警備兵を配置しているだけで、廊下や階段には見張りがいない。

（寒……）

火の気のない廊下の寒さが身に浸《し》みる。だがそれ以上に、ヴァルターの元を去るのだという寂しさが心を重く沈ませ、足取りを鈍らせた。今戻れば、誰にも気づかれずにすむ。せめて、ヴァルター本人に追い出されるまで、居座ってはいけないだろうか。

（……だめだったら。何を今更、未練がましいことを考えてるの）

自分を叱りつけ、リゼルは階段を下りた。出入り口には不寝番の警備兵が立っているので、裏手の窓から庭へ抜け出す計画だった。根が腐った大木が倒れかかったために、塀が崩れた場所があると聞いている。そこから外へ出られるだろう。

窓からは雪の積もった庭が見える。冴えた月の光に照らされ、木々も地面も銀色に淡く光っている。美しいけれど、冷え冷えとした景色だ。

館の裏手に辿り着いたリゼルは、重い窓を両手で押し上げた。吹き込んできた冷気に思わず身を縮めたあと、窓枠に手をかけ、身を乗り出す。しかしその瞬間、

「どこへ行く気だ?」

「……っ!!」

低い声だったが、リゼルにとっては落雷以上の衝撃だった。振り向けば、腕組みをしたヴァルターがこちらをにらみつけている。

「あ……」

言葉を失ったリゼルへ歩み寄ってくるヴァルターは、怒りの深さを示すように頰をこわばらせ、こめかみをひくつかせていた。

リゼルの心臓が、ぎゅっと小さく縮こまり、体が震え出した。

「お前が何か思いつめているようだから気をつけた方がいい、このままでは病気になるかも知れないと、ヨハンナが忠告してくれた。だがまさか、俺の元から逃げ出すつもりだったとはな」

抑揚のない低い声が、かえって怒りの深さを窺わせる。いや、この怒りは裏切られて傷ついた心の裏返しだろうか。

ヴァルターはリゼルの腕を鷲づかみにして、大股に歩き出した。歩くのが速すぎて、リ

ゼルがついていけずに転びそうになっても、足取りはゆるまない。

「ま、待って！　待ってください、お願い……!!」

悲鳴に近い声に耳を貸そうともせず、ヴァルターは廊下を歩き階段を上がって、リゼルを塔の部屋まで連れていった。足下がおぼつかないリゼルをベッドに放り出す。

「一度ならず、二度までも、何も言わずに逃げる気だったのか」

「……っ……」

ハッとして、リゼルは息を内へ吸い込んだ。自分では気づいていなかったけれど、事情を打ち明けずに姿を消すのは、四年前の失踪の再現に他ならない。

「それほどまでに、俺を拒むのか……!!」

絞り出すような声音《こわね》が、胸を鋭く刺す。また自分は、ヴァルターを傷つけてしまった。

覆いかぶさってきたヴァルターに抵抗しながら、リゼルは夢中で叫んだ。

「違う、違うわ！　拒むつもりなんかじゃない！」

「嘘をつくな！」

「嘘じゃないわ、ヴァルター様はもうすぐ結婚するでしょう!?　そうしたら私は邪魔だから……！」

「何？」

ヴァルターが唖然《あぜん》とした表情で、手を止める。ヴァルターが他の女性を妻に迎えると思っただけでも哀しくなって、涙が出てくる。それでもちゃんと説明しなければならない。

涙でぼやけたヴァルターの顔を見つめ、リゼルは言葉を継いだ。

「国王陛下の仲立ちで、クロティルデ家の未亡人を奥方に迎えるんでしょう？　まだ若くてお美しい方だって……私がいたら、その方が気を悪くなさるわ」

「ち、ちょっと待て」

今までとは打って変わってうろたえた口調で、ヴァルターが何か言いかけた。

しかしその時、館の外で激しい鐘の音が鳴り響いた。

「敵襲、敵襲ーっ！」

凄まじく切迫した声だ。ヴァルターが跳ね起き、窓に駆け寄る。リゼルも慌てて様子を見に走った。

「野盗の襲撃だ、皆、武器を取れーっ!!」

叫んでいるのは館の警備兵だ。外庭を囲む石塀は高く築かれていたけれど、門を守る警備兵は少ない。あの人数で攻め寄せられては、守りきれるわけはない。突破され、中へ入り込まれたのだろう。

広い庭に積もった雪を蹴散らして、武装した男達が庭へなだれ込んでくる。

武装といっても王国軍のようにきっちり揃った軍装というわけではなく、皆思い思いに、手に入った防具と武器を身につけたという格好だ。装備は違っていても、血に飢えた凶暴な気配は全員に共通していた。

（盗賊団だわ、本当に襲ってきたのね……!!）

注意を促す使者が来たのは今日の昼間だ。まだなんの備えもできていないはずだ。

「リゼル、どこかに隠れていろ！」

「ヴァルター様は!?」

「迎え撃つ!!」

叫んでヴァルターは、塔の部屋から飛び出していった。

（そんな……危険すぎるわ！）

隠れていろと命じられたけれど、心配で庭から目を離せない。リゼルは窓に貼り付いて、様子を窺った。盗賊団は総勢五十人ほどか。馬に乗った者も四人いた。

「値打ち物は残らず掻っ攫え！　銀食器も武器も、女もだ!!」

「刃向かう奴はぶっ殺せ！」

騎馬の男達が大声で仲間を鼓舞している。彼らが野盗の頭株に違いない。

警備兵が剣を振りかざして懸命に立ち向かう。館の窓から矢を射かける者もいるが、多勢に無勢で、到底防ぎきれない。

盗賊団は庭を突っ切り、館の門へと迫ってきた。

「領主を見つけろ!!　スヴェン侯爵を斬り殺したのはあいつだぞ！」

「仇《かたき》ってだけじゃねえ、奴の首を帝国に持っていきゃ、たんまり褒美が出る！　絶対に逃がすなぁあ！」

盗賊の叫びかわす言葉を聞き、リゼルの背筋に悪寒《おかん》が走った。

昼間に聞いたとおり、盗賊団は先日討伐されたスヴェン侯の配下が中心なのだ。金品を奪うだけでは満足せず、ヴァルターの命を奪うつもりでいる。

「……リゼル様っ！」

叩きつけるようにドアを開け、ヨハンナが飛び込んできた。

「盗賊の襲撃です！　地下室へ逃げましょう、早くおいでください!!」

「ま、待って！　見て、ヴァルター様が！」

連れ出そうとするヨハンナの手を振り払い、リゼルは窓に貼り付いた。剣を持ったヴァルターが、館から庭へ出てきたのが見えたのだ。

ヴァルターの戦う姿を見るのは初めてだった。盾は持たず、馬にも乗らず、胸当てと面頰のない兜《かぶと》だけの軽装ではあるけれど、手にしているのは刃幅が広くて長い、両手持ちの大剣だ。

「……あいつだ、『闇疾風』のヴァルターだ！」

盗賊の誰かが叫ぶ。

「ぶっ殺せ！」

「どけ、俺が殺《や》る!!」

槍を持った一騎が、ヴァルターに突進してきた。巻き添えを恐れたか、徒歩の盗賊が脇へよける。

ヴァルターは逃げない。それどころか賊に向かって走った。

リゼルは息を詰まらせた。

歩兵と騎兵の戦いでは、騎兵の方が圧倒的に有利だ。ヴァルターははるか上方から突きかかってくる槍と、蹴られれば確実に骨が砕ける馬蹄を避けねばならず、しかもこちらからの攻撃は届きにくい。

賊も当然それをわかっているのだろう。哄笑《こうしょう》とともに槍を振りかぶった。

「よけもしないとは自棄《やけ》になったか!? 主《あるじ》の仇だ、死ねぇっ！」

ヴァルターは答えない。ただ口角が上がったのは見えた。笑ったのだ。

槍が振り下ろされる。

鋭く光る穂先が触れる一瞬前に、ヴァルターは片脚を軸にして体を回転させ、すっと身を沈めた。槍をよけ、水平に剣を走らせ、賊の足を薙《な》ぐ。

向こう脛《ずね》から血を噴き上げ、賊は絶叫とともに馬から転げ落ちた。

駆け寄ったテオが、賊にとどめを刺す。その時にはすでにヴァルターは、次の敵に向かって走り出している。戦いの興奮が彼を鼓舞するのだろうか。凄まじい手練《しゅれん》で次から次へと、盗賊を倒していく。

（すごい……!!　ヴァルター様が、こんなに強かったなんて！）

リゼルは窓に貼り付き息を詰めて、ヴァルターの戦いぶりを見ていた。ヨハンナもリゼルを地下へ避難させることを忘れ、横から覗いている。

だが賊が劣勢になったと見えたのは、わずかな間のことだった。

「うろたえるな！　手強《てごわ》いのは一人だけで他は雑魚《ざこ》だ、遠巻きにして矢を射かけろ!!」

馬を駆る盗賊の一人が声を張り上げ、仲間に呼びかけた。その声に呼応して、二騎がヴァルターから距離を取りつつ、矢を射かける。

こうなると、一気に形勢は変わった。

ヴァルターが手にしているのは重い大剣だ。振り回して矢を防ぐには向いていない。

「ご主人様っ！」

テオがヴァルターの前に走り出て、細い長剣を右に左に振るい、矢を防ごうとした。しかし、敵は広い庭を馬で駆け回りながら矢を射かけてくる。すべてはじくことなど、できはしない。

肩口に矢を受け、テオが倒れ込むのが見えた。

「きゃああ！」

思わずリゼルは悲鳴をあげた。

テオが身を起こすのが見えた。命に関わる怪我ではないのだろう。しかしこのままでは、テオもヴァルターも矢を防ぎきれなくなり、いずれは殺されてしまう。賊の数が多すぎて、他の使用人や警備兵は庭の真ん中で孤立した二人に近づけない。

（なんとか……なんとかしなきゃ！　このままじゃ、ヴァルター様が……!!）

武芸など身につけてはいないし、武器も持ってはいない。けれどヴァルターを助けたい。

（何かないの!?　せめて馬に乗った盗賊だけでも、止められたらいいのに。何か、何か方法は……あっ、そうだわ！）

　思いついた。自分が今いるのは、館の屋根から突き出た塔の部屋だ。別の窓から、屋根の上に出られる。

　身をひるがえし、リゼルは屋根に出る窓へと走った。

　屋根の上には、この館が砦《とりで》だった頃の名残で、敵を追い散らすための石落としがある。ロープで支えた板に石やレンガを載せておき、敵が近づけばロープを切って、頭上に石をなだれ落とす仕組みだ。

　もっとも長年平和な暮らしが続いた柊館《ひいらぎ》の石落としに、戦いへの備えはない。積まれているのは石やレンガではなく、多数の材木や瓦だった。屋根を改修するための資材置き場に使われているらしい。だがそれで充分だ。

　裁縫箱から鋏《はさみ》を引っつかみ、リゼルは窓を押し上げた。

「リゼル様!?　何を……ええっ!?　おやめください、危険です！」

　ヨハンナの制止を無視して、屋根へと這い出した。高い場所は風が強くて、体が煽られそうになる。頭を覆うフードはあっさり脱げてしまった。乱れた髪が目元にかかり、視界を遮った。

　落ちれば確実に骨を折る。打ち所が悪ければ死ぬかも知れない高さだ。

　けれど躊躇したり恐れたりしている暇はない。

　ヴァルター達に矢を射かける盗賊を、一刻も早く止めなければならないのだ。

這うようにして、石落としの板を固定するロープに辿り着いた。裁縫用の鋏は、ロープの太さに比べて小さすぎる。切れない。ロープに鋏の刃を押し当てて、ナイフを使う時のように、強くこすった。ぎちぎちと音をたて、繊維が少しずつ切れていく。

（お願い、間に合って！　早くしないとヴァルター様が、館のみんなが……!!）

鋏の刃がロープの半分近くまで食い込んだ時、材木を支える板ががくんと揺れた。残った繊維が、勝手にちぎれていく。耐荷重を越えたのだ。

板の軋む不気味な音に気づいたのか、ヴァルターがこちらを見上げた。

「リゼル!?」

叫んだ声に、ロープの切れる音が重なった。板が大きく傾き、載せてあった材木や瓦が雪崩《なだれ》を打って落ちていく。

リゼルは屋根の端から身を乗り出し、結果を見守った。

地面には雪が積もっていたけれど、屋根からの落下の衝撃を打ち消すほどではなかった。瓦や材木が地面にぶつかる凄まじい音が響き渡った。

鋭敏な馬の耳には、間近で雷が落ちたかと思えただろう。二頭は竿立《さおだ》ちになって乗り手を振り落とし、別の一頭は闇雲に狂奔したあげく、散らばった材木につまずいて倒れた。

その隙を見逃すヴァルターではない。

バネ仕掛けの勢いで飛び出し、落馬した盗賊を一刀のもとに斬り捨てた。のけぞり倒れる男には見向きもせず、次の賊へと走り寄る。起き上がる間も与えず、胴を薙いだ。

「うわぁっ、副頭がやられた！」

「やっぱり『闇疾風』のヴァルターだ、強ぇっ……!!」

頭株を次々に倒されて、盗賊達が浮き足立つ。逆に館の警備兵達は勢いづき、庭へ打って出た。テオも矢傷をものともせずに起き上がり、盗賊に斬りかかっているようだ。

屋根瓦の上にぺたりと座って、リゼルは大きく息を吐いた。

「リゼル様、お戻りください！　そこは危険です！」

ずっと自分を呼んでいたのかも知れない。窓から身を乗り出したヨハンナの声はかすれている。今まで耳に入らなかったのは、ロープを切って材木や瓦を落とすことに集中していたせいだろう。今さらながらに屋根瓦の冷たさが体に伝わってきて、リゼルは身震いした。

下からは激しい剣戟《けんげき》の音が響いてくる。

自分にできることはやり遂げた。あとはヴァルターを信じるしかない。ゆっくりと向きを変え、這って戻ろうとした。

(手が冷たい。でももう少し……もう少しで、戻れるわ)

そう思った時——足がすべった。

「きゃあああぁ……!!」

リゼルは屋根から転げ落ちた。必死に手を伸ばし、樋《とい》につかまった。けれど腕一本では体重を支え切れない。指が樋から離れ、リゼルの体は宙を舞った。

「……リゼルーっ！」

ヴァルターの絶叫が聞こえる。だがその距離はあまりに遠い。受け止めてはもらえない。死を覚悟して、リゼルは固く目を閉じた。背骨が折れるか、頭が砕けるか——しかし、

「きゃあぁっ!?」

硬い大地に激突すると思っていた。だが自分を受け止めたのは、やわらかい雪の山だった。

昼の間に、門から館の正面玄関まで雪掻きをした使用人が、一ヶ所に雪を高々と積み上げてあった。自分はその上に落ちたのだ。屋根から転げた場所があと二尺ずれていたら、命はなかったに違いない。

（助かったの……？）

頭がぐらぐらする。雪山に半分埋まったまま、ぼうっと考えた時だった。

「リゼル、逃げろ！」

切迫したヴァルターの声が響いてきた。わけがわからないながらも、リゼルは半身を埋めた雪から脱出しようとした。けれども遅かった。

「おっと、逃がすかよっ」

「いやぁあっ！」

野太い声とともに、腕を鷲づかみにされた。凶悪な笑みを浮かべた髭面《ひげづら》の男が、リゼルを雪の山から引きずり出す。馬に乗っていた賊の一人だった。

「リゼル……‼」

大剣を手にしたヴァルターが、凄まじい勢いで走ってきた。盗賊は素早くリゼルを盾にし、喉に剣を突きつけた。

「止まれ。女を殺すぞ」

「……っ……」

ヴァルターが、声にならない喘ぎをこぼして立ち止まる。顔は血の気を失い、青ざめていた。盗賊に囚われた自分との距離は、十歩といったところか。

盗賊が悪意をむき出しにした声で笑う。

「どうした。『闇疾風』のヴァルターと呼ばれた戦場の英雄が、夜目にもはっきりわかるほど青い顔になって。そんなにこの女が大事か？」

リゼルは目だけを動かして、周囲の状況をつかもうとした。

形勢を逆転したヴァルター達の攻撃で、盗賊団は十数人に減っていた。さらに追撃を受け、たまらずに盗賊達は逃げ出そうとしていたらしい。ヴァルターを逆恨みしている盗賊達にとっては、仇を取れずに追い払われるのは、非常に悔しいことだったに違いない。ところがそのタイミングで、自分が屋根から転げ落ちた。盗賊は自分を人質に取り、一か八かの形勢逆転を狙ったのだろう。

自分を捕らえた賊と、ヴァルターが対峙する形になっている。他の盗賊や館の警備兵は、隙を窺ってはいるものの、迂《う》闊《かつ》な真似をして状況を悪くすることを恐れているのか、動かない。膠着《こうちゃく》状態だ。

ヴァルターが呻くような声をこぼした。

「リゼルを、放せ」

「ああ？　そんな口の利き方をしていいのか？　俺がちょっと手を動かすだけで、この女は死ぬんだぞ」

「……っ……」

盗賊がリゼルの顎をつかみ、上を向かせた。

「なるほど、上玉だ。お前の女か？　屋根に登ってお前を助けるとは、ずいぶん情の深い女じゃないか。毎晩どんなふうに可愛がっているんだ？」

舌なめずりする顔を見て、嫌悪感に鳥肌が立つ。リゼルは激しくもがいた。

「いやっ、放して！」

「じたばたするな。お前の顔にも、あいつと揃いの傷を付けてやろうか？　それとも指の一、二本も切り落としてやろうか」

「やめろ！」

叫んだのはヴァルターだ。声はうわずり、顔は一層こわばっている。

「やめろ……リゼル、じっとしているんだ。そいつは何をするかわからない。助けるから、そのまま動くな」

「助ける？　お前が、この状況でどうやって？」

盗賊がわざとらしい声で笑う。

「この女がお前にとってどれほど大事か、よくわかった。館を襲ってお前を殺すのには失敗したが、この女をお前の目の前で痛めつければ、充分な復讐になるだろうぜ。さあて、どういうふうにいたぶるのがいいかな」

「よせ！　お前が恨んでいるのは、この俺だろう。リゼルは関係ない！　恨みを晴らすなら、俺にしろ!!」

ヴァルターが叫ぶ。冬の夜だというのに、額に汗が浮かんでいた。

「なんでも言うとおりにする。だからリゼルを解放してくれ」

「けっ、信用できるか」

「頼む！」

いきなりヴァルターは膝を折った。

土下座せんばかりの勢いで頭を下げ、野盗に向かって言葉を継いだ。

「リゼルを放してくれ、どんなことでもする！　斬るなり突くなり好きにしてくれ、俺は一切抵抗しない。武器も捨てる。自決しろというなら、今すぐそうするから、リゼルを解放してくれ……!!」

後ろの方でテオが「ヴァルター様！」と焦《あせ》った声で叫んだけれど、ヴァルターは黙っていろというふうに片手を振っただけだ。

（どうしてなの？　私のために、こんな……）

ヴァルターを裏切り、心に深い傷を負わせた自分を助けようと、ヴァルターは誇りを捨てて盗賊の前にひざまずき、命をも捨てる覚悟で懇願している。

今はっきりわかった。四年前も今も変わらず、ヴァルターは自分を愛してくれているのだ。ひどい言葉も冷たい態度も表面だけのことで、その奥には自己犠牲を厭《いと》わない深い愛情があったのに、自分はそれに気づかなかった。

（ヴァルター様……）

両眼に涙がにじみ、ヴァルターの姿がぼやける。

盗賊はリゼルをつかまえたまま、嘲笑《ちょうしょう》混じりの声を発した。

「面白いことを言う。しかし口先だけかも知れんからな、女を放す前に、まずは実行してもらおうか。自分でな。そうだなぁ……まず自分で、足を斬れ」

リゼルの体が大きく震えた。盗賊の狙いは明らかだった。足を切らせてヴァルターの動きを止め、戦闘力を奪った上で、嬲《なぶ》り殺しにする気だ。

「だ、だめっ！　ヴァルター様、そんなことなさらないで……あうぅっ！」

夢中で叫んだら、盗賊がリゼルの腕をつかんだ手に力を込めた。骨が砕けるかと思う痛みに、悲鳴がこぼれる。

「やめろ、リゼルに手を出さないでくれ！」

「だったらさっさと自分の足を斬れ。やるのかやらないのか、どっちだ。あぁ？」

盗賊の狙いがわからないはずはないのに、ヴァルターは笑みを浮かべた。

「わかった、足だな？」

ヴァルターは立ち上がり、大剣の先を自分の足の甲にあてがった。柄を握った指の関節に力が入り、白くなる。ヴァルターは剣を勢いよく下へと押し下げた。

「……っ！」

「いやぁああーっ！」

叫んだのはリゼルの方だ。ヴァルターは声を出さない。顔色も変えなかった。だが剣の切っ先は、明らかに足の甲を突き通していた。

大剣をヴァルターが引き抜く。刺す時よりも抜く時の方が痛かったのか、顔を歪めたけれど、やはり声は出さなかった。リゼルに向けた瞳は、かすかな微笑さえたたえているように見えた。大したことではない、こんな傷など痛くも何ともないというかのように。

しかし剣を抜いた足からは、どくどくと血があふれ、地面の雪を赤く染めていく。

リゼルを捕らえている盗賊が、唸るような声をこぼした。

「ふ……ふん。格好付けやがって。こんなのはただの小手調べだ、すぐにヒイヒイ泣いて命乞いするようになるぜ。次は……手か、いや、目がいいか。指を一本一本落とさせるのも面白そうだな」

リゼルの体が小刻みに震え出した。心臓が今にも破れそうなほど、鼓動が速い。

（私のせいだわ……私のせいで、あんな怪我を）

ヴァルターが全身を自分で切り刻む――そんな光景を想像しただけで、体温が下がり、手足が冷たくなる。

（……だめ……これ以上は、だめ）

目の前がぼやけた。

こんなことがあっていいはずはない。自分が人質に取られたせいで、ヴァルターが自らの体を傷つけることなど、あってはならない。そう思った瞬間に、リゼルの心は決まった。自分にできることは、ただ一つだ。

「ヴァルター様……ごめんなさい!!」

「……やめろ、リゼルーっ！」

リゼルの意図を悟ったのか、ヴァルターが絶叫した。けれどもう他に方法がない。固く目を閉じ、リゼルは喉元に当てられた剣に向かって、勢いよく体を倒した。

「うわっ、こいつ!?」

人質が自分から命を絶とうとするなど、予想外だったのだろう。賊が慌て声をこぼす。

「あぅ……っ……」

首筋に鋭い熱さが走った。血のにおいが鼻孔をかすめた。リゼルはそのまま地面に倒れ込んだ。

「う……うぁあああーっ！」

薄れる意識の中、ヴァルターの咆哮《ほうこう》が聞こえた。地を蹴って跳ぶ気配、大剣が空気を裂く音——そして、肉に鋼《はがね》を叩きつける鈍い音が響く。

どうっ、と重い身体の転がる衝撃が、地面を伝わってくる。

人々がどよめいた。「首領がやられた」、「逃げろ」と叫びかわしているのは、きっと盗賊達だろう。足の傷にもかかわらず、ヴァルターは盗賊の首領を倒したのだ。

(もう、大丈夫……)

盗賊達の統率は失われた。残った賊は捕縛されるか、逃げ去るだろう。ヴァルターが追及してきた四年前の事情を、正直に告白できなかったのは心残りだけれど、仕方がない。

全身の力が抜けて、リゼルの意識が闇に溶けていく。

「……リゼル!」

抱き起こされた。ヴァルターの腕だ。ヴァルターの声だ。

「リゼルっ! なぜだ、なぜこんなことに……!!」

声は後悔に震えていた。

悔やまないで、自分を責めないで——最後に、そう伝えなければならない。ヴァルターは何も悪くない。屋根を伝って石落としの材木を落としたのも、盗賊の剣に向かって体を倒したのも、自ら決めたことだ。

「ヴァルター様……」

まぶたを開けたリゼルの視界に、こわばったヴァルターの顔が映った。夜明けの空に浮かぶ雲を思わせる、深い青灰色の瞳が、自分を見つめている。思えば自分はずっと彼に恋していた。音楽的な声も、美しい瞳も大好きだった。

「愛しています、ヴァルター様……四年前から、ずっと。一度だって、他の人に心を移したことなんかなかったわ」

よほど意外な告白だったのか、ヴァルターが大きく目をみはった。唇が動いたけれど、言葉は出ない。リゼルは思いの丈《たけ》をすべて告げようとした。

「本当よ、愛してる……あなたのためなら私、なんだってできると、思って……」

さらに言葉を続けようとして――ふとリゼルは気がついた。首筋を斬られたはずの自分がなぜ、こんなに長く喋っていられるのだろう。

二度三度と瞬《まばた》きした。視界は暗くならない。手の指を動かした。普通に動かせる。首筋はひりつくように痛むけれど、それだけだ。

「リゼ、ル？」

「え……どうして？　私、斬られたはず……」

当惑するリゼルの、首筋にかぶさる髪を掻き分け、ヴァルターが傷を改めた。

「……浅い」

「え」

「皮だけの傷だ。浅いわりに出血が多かったが、それも止まりかけている」

ヴァルターに抱き起こされたままの姿勢で、リゼルは懸命に頭の中を整理した。

あの時、盗賊はリゼルがわざと死のうとしたのに驚き、慌てて剣を引いた。一瞬、首に熱さが走ったのと、血のにおいがしたので、首筋を切られたに違いないと思った。そして気が遠くなったのだ。

だがもしかして、盗賊が剣を引く角度と、自分が倒れ込んだ時の首の角度や位置の関係から、うまく刃をよけて皮一枚だけを斬られる形になったのだろうか。

（じゃあ、私……斬られたと思い込んだだけ？）

全身が燃え上がるように熱くほてった。首筋を斬られた、致命傷を受けた、そう思い込んだために、貧血を起こしたらしい。目の前が暗くなって倒れたのはそのせいだろう。何という早とちりをしたのか。馬鹿な自分が恥ずかしくて、消えてしまいたい。しかし、

「……リゼル！」

広い胸に抱きしめられた。

「よかった……生きていてくれて、よかった……!!」

うわずった声には、馬鹿な勘違いをした自分を責める響きは、微塵《みじん》もない。心からの安堵に満ちていた。髪に激しく頬ずりしてくる。

「もう二度と、お前を失いたくなかった。また失うくらいなら、手足でも目でも、命でもくれてやるつもりだったのに、お前が自決するなんて……もう、生きている甲斐《かい》はないと、思ったんだ。よかっ、た……愛している。お前を、愛しているんだ」

抱きしめる腕の力は、ゆるまない。『愛している』と、何度も何度も繰り返し、リゼルの耳に囁いてくる。

リゼルはヴァルターの背に両腕を回して、抱きしめ返した。

盗賊団のうち、ヴァルターを仇と付け狙っていた頭株は全員倒された。下っ端のうち半分ほどが逃げ去ったが、のちに、国王命令で派遣された討伐隊が捕縛した。

使用人や警備兵のうち、矢を受けたテオを含めて重傷者は六名出たが、幸いいずれも後遺症が残るような怪我ではなく、療養して傷が治れば、仕事に復帰できるという。

リゼルに冷たく当たり続けていたテオは、命がけでヴァルターを助けようとしたリゼルの行動を見て、考えを改めたらしい。首筋の怪我が浅く、一時的に気絶しただけだったとわかったあとで、ぶっきらぼうな態度ながらも、「ご無事でよかったです」とリゼルに言ってくれた。他の使用人達も好意的な態度だった。もっとも、ヨハンナには危険な真似をしたことをひどく叱られた。

一番重傷だったのは、自ら剣で足を突き刺したヴァルターだ。長い白髭を蓄えた医師は重々しい口調でヴァルターに注意した。

「骨や大事な神経は外れております。しかし刺し傷は膿《う》みやすいゆえ、よく注意して、丁寧に治療せねばなりません。まず半月は、ベッドで療養していただかねば。痛みのない範囲でならば動かしても構いませぬが、歩く時は杖を使うか誰かの肩を借りて、傷めた足には体重をかけぬように。よろしいですかな?」

「半月もか。……戦場ではこんな悠長な治し方はしなかった」

「だめです、先生の言うとおりになさって。後遺症が残ったら大変ですもの」

ベッド際に控えていたリゼルは、ヴァルターを諫《いさ》めた。

野盗の襲撃を境に、リゼルの扱いは虜囚《りょしゅう》ではなくなり、愛人かそれとも妻かという立場に変わった。今まで従者としてヴァルターの世話をしていたのはテオだが、負傷して普段通りには働けない。そのため自然とリゼルが看病をしている。ヴァルターもそれを望んだ。

「わかった。わかったから、そんな困った顔をするな、リゼル」

「少しの我慢です、公爵。傷さえ治れば、元通りに動けるようになりますとも」

そう励ましたあとで、老医師はリゼルに向き直った。

「ところで、リゼル様のお体のことですが」

「私？」

真面目な口調で話しかけられ、リゼルは喉の包帯に手を当てた。自分はすでに診《み》てもらった。首の傷は痕《あと》も残らないような軽いものだし、屋根から落ちた時に多少体を打ったけれど、雪がクッションになって、打ち身さえ作らずにすんだ。何も問題はないはずだ。

「いやいや、傷のことではありません」

老医師は苦笑して、リゼルとヴァルターを見比べた。

「近頃食欲がないとか、吐き気がするとか、食事の好みが急に変わったということはありませんかな？」

「あ、そういえば昨日、ひどい吐き気がしました」

「ふむ。では、月のものはいかがですかな。最近ございましたか」

「えっ……」

そういえばこの館へ来てから三ヶ月あまり、月経がない。もともと規則正しい方ではなかったので気にしていなかったけれど、言われてみれば期間が空きすぎている。

リゼルの表情が返事になったのだろう。老医師の笑みが祝福の色を帯びて深まった。

「おめでとうございます。ご懐妊ですぞ」

「ほ、ほんとに……？」

問い返したものの、そう言われれば最近の体調変化に納得がいく。理由もなく吐き気がしたり、妙なだるさや熱っぽさを覚えたこともあった。あれはすべて身ごもったせいだったのだ。自分の中に新しい命が——ヴァルターの子供が宿っていると思うと、愛おしさに胸が震える。

（……あ、でもヴァルター様は？）

彼はどう思っているのだろう。問いかけようと視線を向けた時、ぎゅっと両腕ごと抱きしめられた。

「リゼル……!!」

髪に頬を寄せてただ一言囁いただけだったけれど、歓喜にわななくその声音で、ヴァルターの気持ちは充分すぎるほど伝わってくる。リゼルはうっとりと目を閉じた。しかし、老医師の困ったような咳払いが聞こえた。ヴァルターが慌てて腕をほどく。

「す、すまない。無理をさせてはいけないな。大丈夫かリゼル、痛くなかったか？　すぐに部屋へ戻って休め。生まれるまではずっと安静にして、動かないように……」

うろたえるヴァルターを、老医師が苦笑混じりにたしなめた。

「公爵、落ち着きなされ。体調が悪い時に休んでいただくのは当然ですが、寝てばかりではかえって難産になりますぞ。滋養は取らねばなりませんが、贅沢な食事に偏りすぎては体を傷めます。あとで必要な注意を書いてお渡ししましょう」

「頼む。……注意書きだけでなく、これからのリゼルと赤子のことを、よろしく頼む」

真剣な表情で老医師に頼み込むヴァルターを見れば、深く愛されていることを実感せずにはいられない。幸福を嚙みしめ、リゼルは自分の腹部にそっと掌を当てた。

自分の体の中に今、ヴァルターの血を受けた子供がいる――そう思うと、無条件で愛おしい。全身の血が優しいぬくもりを帯び、周囲の空気はきらきらと光り出したかのような、不思議な気分だった。

ただ一つ、気がかりなことが残っている。

（ヴァルター様は本心から喜んでくださってるけど、もうすぐ国王陛下の命令で奥方を迎えることになってたわ）

その件についてはどうなるのだろう。どうしても、確かめねばならない。

領主として、また、盗賊の襲撃を受けた館の主として、ヴァルターにはいくらでも仕事があるらしい。傷を負ってもいることだし、時間があれば少しでも休みたいところだろうが、夜には杖をついてリゼルの部屋を訪れた。

「ヴァルター様!?　足は……」

「杖を使えばもう平気だ。俺の怪我などよりお前の体調が気にかかって、顔を見なければ落ち着かない。食事はできたか？　吐き気は？　それに、屋根から落ちた後遺症でどこか痛んだりはしないのか」

リゼルが布団から出るよりも早く、ヴァルターはベッド際まで歩いてきて腰を下ろし、顔を覗き込んで矢継ぎ早に尋ねてきた。大丈夫だというリゼルの答えを聞いて、ホッとしたように笑うヴァルターの顔は、年上なのになんだか可愛く思える。ヴァルターに愛されていること、愛していることを実感する。

けれどどんなに訊きにくいことであっても、クロティルデ家の未亡人の件を確かめないわけにはいかない。意を決して、リゼルは問いかけようとした。

「あ、あのっ……」

「前にお前が言っていたことだが」

ヴァルターとリゼル、二人の声が重なった。口をつぐんで顔を見合わせ、譲り合う。先に口を開いたのはヴァルターの方だ。

「野盗の襲撃前にお前が言っていたことで、確かめたいことがある。俺がクロティルデ家の未亡人と結婚するとか……いったい誰からそんな話を聞いた？」

気にかかっていたことをヴァルターの方から口にしてくれた。これなら、尋ねやすい。

「以前、国王陛下がヴァルター様に仰《おつしや》ったでしょう？　いい縁組を世話するとか、未亡人に会っておくようにとか。昨日は贈り物を用意していらしたし……」

「な……違う、全然違う！　あれは政治的な意味のつきあいだ！」

ヴァルターが焦った口調で叫んだ。

「クロティルデ家の未亡人は、帝国にいる内通者……つまり、王国から送り込んだスパイとの連絡係なんだ。報告を受けたり、陛下の指令を伝えたりするために、しばしば長時間話し合う必要がある。同じ人間ばかりが彼女のところに入り浸っていては、目について怪しまれやすいだろう？　だから俺も彼女のサロンに出入りする形を作れと、陛下のご命令で……」

「そ、それじゃ、縁談は……」

「ない、まったくない。陛下はあんなふうに仰ったが、主君のご命令であっても、どんな相手を薦められたとしても、俺は妻にする気はない」

きっぱり言いきったあとで、ヴァルターはリゼルににじり寄って、手を握り、瞳の奥を覗き込んできた。

「お前だけだ。俺が妻にしたいのは、お前一人だ」

「……っ……」

息が詰まる、胸の奥が甘く疼き、幸福感で全身がとろけそうだ。我知らずこぼれた「嬉しい……」という呟きは、ヴァルターの耳に届いただろうか。

リゼルはヴァルターの瞳を見つめ返した。

初めて会った日に好きになった青灰色の瞳は、今も変わらず自分を真摯《しんし》に見つめてくれている。

「リゼル」

名を呼びながら、ヴァルターはリゼルを自分の方へ抱き寄せようとした。

もう隠しているわけにはいかない。すべてをヴァルターに打ち明けよう。自分のおなかには、新しい命が宿っているのだ。

「待って。聞いていただきたいことがあるんです。……四年前に私がなぜ姿をくらましたか、どうしてヴァルター様とは結婚できないと思ったのか。ずっと隠していたのは、ことが私一人じゃなくて、両親や弟にも関わることだからなんです。だから、誰にも言えなくて……」

ヴァルターがハッとしたように目を見開く。そのあと、しっかり頷いてくれた。

「どんなことでも構わない。受け入れるし、秘密は守る。だから話せ」

力強い声だった。最初から、この人を信じていればよかったのかも知れない——そう思いつつ、リゼルは覚悟を決めて話し始めた。

「私、マルティン男爵家の血を引いていません。半分、貴族じゃないんです。……本当の父は、死んだシュテファン・オーステンです」

「父親!?」

——二十年余り前、絹織物商人の息子だったシュテファンは父親を補佐して働き、マルティン男爵家にも出入りしていた。その頃、母のザビーネは男爵家に嫁いで一月《ひとつき》足らずだったが、口やかましい義母には何をしてもねちねちと叱られ、ずっと年上の夫は領主としての仕事に忙しく、城を留守にすることが多く、心細い日々を送っていた。

庭で一人泣き濡れるザビーネを見たシュテファンが、励まし慰めたのが始まりで、二人の関係は急速に深まった。

やがてザビーネは身ごもった。

時期から考えて、夫ではなくシュテファンの子供なのは明らかだった。しかし流す決心はつかず、かといって男爵家を飛び出してシュテファンの元へ走る勇気もなく、ただ思い悩んでいるうちに、周囲に妊娠を気づかれた。夫の子だと嘘をつくしかなかった。

そして生まれたのが、リゼルだ。幸か不幸か、月足らずで生まれたので、ザビーネは身ごもった時期をごまかすことができた。そして一度ごまかしおおせたことで妙な自信を付けたザビーネは、シュテファンとの密会を続けた。

しかしリゼルの弟が生まれて数ヶ月後、シュテファンの父親が商売の手を広げ、拠点を他の街へ移すことになった。
跡継ぎのシュテファンも一緒に行かねばならず、泣く泣く二人は別れた。
その後リゼルは何も知らずに育った。自分も弟も、マルティン男爵家の子供だと信じきっていた。
ザビーネが秘密を打ち明けてきたのは、婚礼のわずか三日前だ。
秘密を守っていたというよりも、リゼルを夫の子供として扱っているうちに、自分でも
そう思い込むようになり、嘘をついているという意識が消えてしまったという。
突然リゼルに真実を話す気になったのは、シュテファンと再会し、過去の思い出が蘇っ
たためだった。
ザビーネと離れていた十数年の間に、シュテファンは父の後を継いで手広く商売を行っ
ていた。結婚はしたけれども、親同士が決めた縁組で夫婦どちらにも愛情は生まれず、子
供もできなかった。結婚後数年でシュテファンは妻と別居し、ひたすら商売に打ち込んだ。
しかし近頃身体の不調を覚えるようになり、医者に診せたところ、不治の病という診断を
受けた。今は倦怠感や食欲不振程度の症状で済んでいるが、病魔は確実に体を蝕《むしば》み、いず
れは目が見えなくなったり、手足が麻痺《まひ》するかも知れないという。
そうなる前に、かつて心から愛した恋人に会いたいと思いつめて、シュテファンはザ
ビーネを訪ねた。
若き日の恋を思い出したザビーネは、シュテファンの不幸な運命を知って、深く同情し、

リゼルが実はシュテファンの子供であることを教えた。弟は髪や目の色、顔立ちの相似から、男爵の子であろうと思われたが、リゼルは違う。ザビーネはそう確信していた。

シュテファンは『陰からでもいいので、娘の成長した姿を見たい』と望んだ。――あくまで、陰から見たいと言っただけだった。

しかしザビーネは、出生の秘密をリゼルに話してしまった。

『あなたの実の父親なのよ。病気で目が見えなくなるなんて、可哀想でしょう？　婚礼までに、何かの用事にかこつけて、一日外出できないこと？　リゼルが会ってあげれば、きっと喜ぶわ。……あら、いやだわ。袖のレースがほつれてるじゃないの』

あまりにも重大な秘密を明かしているというのに、袖のほつれを気にするのとまったく同じ口調で言った母の顔を、リゼルは今でも忘れられない。

自分は、男爵家の令嬢ではない。不義の子だ。その自分が、ヴァルターの元へ何食わぬ顔で嫁げると母が思っていることに、リゼルは驚いた。そんな欺瞞《ぎまん》が許されるわけはない。

しかもその後母にあれこれ問いただしたところ、母には、今の暮らしを捨ててまで、かつての恋人の元へ行く気はないとわかった。

それでいてシュテファンが難病だと聞けば哀れんで、彼と娘を会わせようと考え、秘密をあっさり打ち明けた。リゼルが出生の秘密を知ってどう思うかなどは、考えもしなかったのだろう。

リゼルの考えは、母とは正反対だった。

ヴァルターを愛しているからこそ、そんな偽りを抱えて嫁ぐわけにはいかない。裏切ることになってしまう。

だが自分の出生の秘密を、ヴァルターに打ち明けるわけにはいかなかった。もし外部に広まったら、母は男爵家から追い出されてしまうだろう。弟は自分の出生に疑いを持つだろうし、周囲の好奇に満ちた視線に苦しめられるに違いない。そして自分と弟を今まで実子と思って育ててくれた父——マルティン男爵が、どれほど傷つくことか。父と弟を愛しているし、母の性格には失望したけれど、娘としての愛情まで失ったわけではなかった。苦しめないためには、自分が沈黙を守るしかない。

同時に、まだ会ったこともなく、今は難病に苦しんでいるという実の父親の存在には、深く心を動かされた。

そして考え抜いた結果が、ヴァルターが愛想《あいそ》を尽かしてくれそうな内容の書き置きを残して、失踪することだったのだ。理由もなしに逃げ出せば、きっと追っ手がかかる。追跡する気をなくすような、ひどい理由がほしかった。駆け落ちしたことにすれば、非難されるのは自分だけで、ヴァルターが傷つくことはないと思っていた。

逃げ出したリゼルが向かった先は、母に聞いていたシュテファンの滞在場所だ。

シュテファンは、娘に会えたことを喜んだものの、リゼルが結婚式をすっぽかしてきたと聞いて仰天した。早く男爵家に戻り、出生の秘密は隠して予定通りに結婚するようにと諭《さと》してきたが、リゼルの意志は固かった。許婚《いいなずけ》に対して己を偽ることはできない、これからは父の看病をしたいと主張する娘を見て、『すべて私が悪かったんだ』と苦しげな顔をしたものの、最終的にシュテファンは、リゼルの考えを受け入れてくれた。

父子だと明かせば、ザビーネの不貞が周囲に知れる。それはリゼルもシュテファンも望まなかった。だから対外的には愛人関係ということにした。シュテファンは渋ったが、他によい方法を思いつかなかった。

そして四年がすぎ――死期が迫るシュテファンの世話をしていた頃に、ヴァルターと再会したのだ。

「……マルティン家のお父様や弟、それにお母様のことを思うと、どうしても言えなかったの。ごめんなさい。本当に、ごめんなさい」

「いいんだ。もうあまり自分を責めるな」

リゼルが抱えていた秘密の内容を知って、ヴァルターは驚いた様子だったが、今までの言動にところどころ違和感を覚えてもいたらしい。シュテファンが駆け落ち相手ではなく実の父親だったと知って、すべてが腑に落ちたという表情になった。

「正直な気持ちを言えば、俺を信じてすべて打ち明けてほしかった。けれど心情はよくわかる。十六才の娘の心には重すぎる秘密を聞かされて、どんなにか苦しんだだろう」

リゼルの母とシュテファンの不貞、並びにリゼルと弟の出生の秘密に関しては、誰にも決して口外しないと、ヴァルターは約束してくれた。

「知らなかったとはいえ……いや、事情を知りもしないくせに、俺はお前にひどい真似ばかりしてしまった。すまない」

特にヴァルターが悔いたのは、シュテファンをリゼルの愛人だと誤解し、葬儀に行かせなかったことだ。リゼルが父親に最後の別れを告げる機会を奪ってしまったと、繰り返し詫びた。しかしこれに関しては仕方がないと思う。リゼルがずっとヴァルターに嘘をついていたのが原因なのだから、哀しくはあっても恨む気持ちなどない。

詳しく話し合えば、今まで心に引っかかっていた疑問がすべて氷解していく。充分に話し合ったあとに残る言葉は、一つだけだ。

「リゼル……愛している」

悩みも疑いも消え、純粋な愛だけがにじむ口調で、ヴァルターが言う。

「ずっと愛していた。忘れられなかったんだ。……再会した時、素直にこう言えればよかったのに、嫉妬に駆られてひどい真似ばかりした。お前が泣くのを見ると、いつも心の中で後悔して、それでも、正直な気持ちを口にはできなかった。……すまない」

「いいの。もう、謝らないで」

微笑んで答えるリゼルに、ヴァルターも微笑を返した。

「そうだな、これからは正直に言うことにする。……愛している、リゼル。お前だけだ。俺には、お前だけなんだ」

「あっ……」

思いを告げる間に、心が昂ぶってきたのかも知れない。熱っぽい声とともにヴァルターはリゼルを押し倒し――かけたが、ハッとしたように動きを止め、肘で支えて自分の体を浮かせた。

「大丈夫か、苦しくないか？　医者は、その……乱暴なやり方でなければ構わないと答えてくれたんだが……」

リゼルは頬が熱くなるのを覚えた。どんな顔をして、ヴァルターはそのことを医師に尋ねたのだろう。恥ずかしさより、リゼルと肌を合わせたいという思いの方が強かったのだろうか。だがわざわざ医師に尋ねてくれたことが、彼の優しさを示している。

ヨハンナは『殿方は、腹の中の子にまで気が回らないものですから、リゼル様から言わなくてはだめですよ』と耳打ちして、妊娠中の行為について教えてくれたのだ。

「平気、です」

答えて目を閉じた。キスを願う仕草だった。リゼル自身もヴァルターがほしいのだ。唇が重なり合った。

（そういえばキスをするのって、四年前以来かも……）

この館へ連れてこられてから今まで、体は重ねたけれど、キスだけはしていなかった。

自分より少し体温が低いのか、ヴァルターの唇は冷たい。四年前と同じだ。その唇が、じか鳥がつつくような、探るような動きで、リゼルの唇をついばむ。唇の温度や弾力が、じかに感じられる。これが愛しい人の唇だと思うと、胸がどきどきして、心臓が破れそうだ。

（あ……舌、入ってくる）

ヴァルターの舌は唇をついばんだり舐めたりしたあと、隙間を探り、先を尖らせて歯と歯茎をくすぐる。リゼルは力を抜いて、舌を受け入れた。

唇は冷たいのに、ヴァルターの舌は熱かった。まず自分の舌にからみつき、ちぎれるのではないかと思うほど強く吸っておいて、あっさり離れていく。もっと長く、激しく舌を吸われると思っていたので、拍子抜けというか、間合いを外されて焦《じ》らされた気がする。

「ん……ぅ」

つい、ヴァルターの舌を追った。けれどうまくからませることができない。その間に、口中を探られ、頬の内側や口蓋《こうがい》を舐められた。くすぐったくて、体が大きく震えた。

リゼルは両腕をヴァルターの背に回し、ぎゅっと抱きついた。

ヴァルターの頭に片手を回し、髪を手でくしけずりながら、頬ずりした。顔に残る傷跡に、自分から頬を押しつける。そこだけ皮膚が引きつって硬い。哀しいような、愛おしいような、奇妙な感情が心に湧き上がった。

ヴァルターの頬の傷痕は――いや、頬ばかりでなく、全身に傷痕が残っているのを、自分は知っている。それでもヴァルターは、自分を許し、愛してくれる。

「ん……っ」

唇が離れた。至近距離で、見つめ合った。青灰色の瞳に熱っぽい昂ぶりを認め、リゼルの心臓は早鐘を打った。

ヴァルターは荒い息をこぼしつつ、体を入れ替えてリゼルを組み敷く。キスだけでは済ませないつもりだろう。リゼルももちろん、これだけでは満足できない。もっともっと、重なり合いたい。

　けれどもふと、重要なことを思い出した。

「待って！　足の怪我は!?」

「大丈夫だ。医師にもらった薬で今は痛みが引いているし、足首から指の付け根まで布を固く巻いて締めてあるから、少しぐらい動いても傷口が開くことはない」

　いけません、傷が治るまでは——と制止するつもりだったのに、気づけば、

「……本当に？」

　と、期待のこもった口調で尋ねていた。ヴァルターが微笑して頷いた。

「本当だ。心配ない。……お前も、苦しくなったら遠慮なく言うんだぞ」

　そう言うとリゼルの喉元に顔を伏せ、素肌に唇を這わせた。不意打ちの愛撫に、リゼルの唇から甘い喘ぎがこぼれる。

「あっ、ん……」

　喉から鎖骨へと唇を這わせながら、ヴァルターはドレスの胸のボタンを一つ一つ外していった。大きく広げた胸元から手をすべり込ませる。剣だこのある硬い掌《てのひら》が、胸のふくらみを包み込むように捕らえた。

「ぁ……はぅ、ん……」

　頂点の蕾《つぼみ》には触れずに、ヴァルターは胸を弄《もてあそ》んだ。揉むというより撫でるのに近い、ご

く弱い力加減だ。唇は、鎖骨のくぼみから胸の谷間へと下りてきたけれど、そこでまた方向を変えて這い上がり、喉から首筋へ動く。

(やだ……こんなの、意地悪だわ)

焦らされている。指も唇も気持ちいいのだけれど、もっと快感が強くなる場所はわかっているのだ。だから期待してしまう。唇で、指で、胸の蕾に触れて、自分の体をもっとたぎらせてほしい。

なのにヴァルターは触れてこないで、ぎりぎりの場所を愛撫し続ける。もどかしい。

「お、お願い、もっと……っ!」

口走りかけて我に返り、言葉を飲み込んだ。けれどヴァルターには、何を言おうとしたかわかったらしい。

「もっと?　どうしてほしい、言ってごらん」

「あぁんっ……いやぁ、恥ずか、しいっ」

「なぜ恥ずかしがる。俺が訊いているのに。どうしてほしいんだ?」

「だ、だって……いやらしい、恥知らずって……軽蔑……」

ヴァルターが、ハッとしたように目を見開いた。手の動きが止まった。どうしたのかといぶかしむリゼルから目を逸らし、悔いのにじむ口調で呟く。

「すまない。俺が今まで何度も、お前のことをそう言って責めたせいだ。俺以外の男に開発されて感じやすくなったのかと思うと、悔しくて、嫉妬心を止められなくて……本当にすまない。傷つけてしまった」

「違う、違うわ。お願いだから、自分を責めないで。ヴァルター様がそう思ったのは、無理もないことなんだもの」

口にするのは少し恥ずかしいけれど、もう一度はっきり言っておかねばならない。リゼルはヴァルターの瞳を見つめて告げた。

「聞いてほしいの……私、この館へ連れてこられた夜が、初めてだったのよ」

「……っ……」

ヴァルターの口からこぼれた声は、『まさか』のようでも『やはり』のようでもあった。考えを巡らせるように視線を動かしたあと、口ごもりつつ呟く。

「そうか……そうだな。駆け落ちが嘘だったんだから、そうか。もしかしてと思いはしたんだが……あの時は、乱暴にして悪かった」

「違うのよ、そんな話がしたいわけじゃないの。私が言いたいのは、その……初めてで、痛かったけれど、でも、その、気持ちよかったの。相手があなただったからだと思う」

頬に血が上るのを感じながらも、リゼルは懸命に説明した。

「他の誰でもない、ずっと好きだったあなたに触れられてるって思ったから、その……すごく、感じて、気持ちよくて……初めてですごく痛かったはずなのに、途中から感じちゃうなんて、自分でも変だと思ったわ。今だって少し触れられただけで、もうどうしようもなくなってる。だからあなたが私のことを淫乱だって思っても、仕方がないと……」

「違う！　それは違う、リゼル。自分を貶《おとし》めるな」

今度はヴァルターが、さっきのリゼルと同じような言葉を口にする。

「あの時はお前を傷つけるために、わざと悪意のこもった言葉をぶつけた。すまなかった。お前は淫乱でも恥知らずでもない」

「でも……」

「今、お前が反応しているのは違う。こういうのは『感じやすい』というんだ。……こんなふうに」

「あぁんっ！」

不意打ちで胸の蕾をつままれ、こねられた。反射的に甘い声がこぼれる。胸のふくらみを揉みしだき、喉や胸元へキスの雨を降らせ、その合間にヴァルターが囁いてくる。

「愛している。……もっともっと、感じてくれ。お前のいい声が聞きたい」

「やんっ、恥ずかし……はぅっ！　ん、ん……っ」

ヴァルターの手が巧みに動いて、リゼルのドレスを脱がせていく。いつのまにかヴァルターも衣服を脱ぎ捨てており、二人は一糸まとわぬ体を重ねた。

（ヴァルター様の、においがする……）

汗ばんだ肌に頬を押し当て、リゼルは陶然とした。

自分の素肌に触れるヴァルターの体は、引き締まった筋肉に覆われている。ところどころ皮膚に引きつれた部分があるのは、戦場で受けた傷の痕だろう。すべての傷痕に唇で触れたいと思った。そうすれば、離れていた四年間を少しでも埋められるだろうか。

しかしそれ以上感傷にふける余裕はなかった。

「リゼル……愛している」

耳に熱い吐息と愛の言葉を吹き込んでおいて、ヴァルターはリゼルの耳朶《じだ》をしゃぶった。

「ひぁっ!?」

初めての感覚にリゼルはのけぞった。

唇が耳朶をくわえて弄ぶ。濡れた舌先が耳孔を犯す。

「やっ、ぁ、あぅ！　だめっ、耳、だめぇ……っ」

むずむずと全身をざわつかせる快感が、脳へ直接響いてくる。気持ちよすぎて怖い。身をよじって逃れようとしたら、肩口をつかまれて引き戻された。

「こっちを向け。……よく、顔を見せてくれ」

ヴァルターにそう言われて、気がついた。今まではいつも後ろから責められた。正面から向かい合うことはなかった。

「どうして今日は、こっちから……？」

その言葉だけで意味を察したらしい。ヴァルターが居心地悪そうに目をそらす。

「その……今までは、お前に、俺を見られたくなかった。嫉妬して、腹を立ててお前を嬲《なぶ》っている俺は、きっと醜く歪んだ顔をしているだろう。それがわかっていながら、止められなかった。お前が他の男に抱かれていたと思うと、悔しくて、妬《ねた》ましくて……」

そこまで言って言葉を切り、ヴァルターは再度リゼルに視線を向けた。切なさと、苦い悔恨が入り混じったような瞳だった。

「お前の心は俺にはないと思っていた。だから体だけでも手に入れようと思った。体だけのつもりだった、だから嫉妬心のままにひどい真似をしていたんだ。本当は、お前の心こそがほしかったのに」

「ヴァルター様……」

「どうせ無理だ、かなうはずがない、リゼルの心は俺にはないんだ……だったらいっそ思いきりいじめてやろう、そんな捨《す》て鉢《ばち》な気持ちになっていた」

ヴァルターに初めて抱かれた夜のことを、リゼルは思い出した。

耐えきれずに自分が泣き出した時、ヴァルターは驚いて息を呑み、そのあとうつ伏せに這うよう命じた。顔を合わせたままでは、リゼルをなじることができなかったためなのだ。どんなに荒々しい態度を取っても、ヴァルターの芯にある優しさは変わらない。

リゼルは手を伸ばし、悔恨に瞳を曇らせたヴァルターの頬に触れた。

「好きよ。あなたが、好き」

ヴァルターがほっとしたように微笑んだ。

「リゼル、顔をよく見せてくれ。今までは後ろからばかりだったから、見えなかった。鏡で一瞬見たけれど、俺の顔が映るのに気づいて、すぐにやめてしまったし……」

そんなこともあった、と思い出す。

けれどあの時リゼルが鏡の中に見たのは、ヴァルターが言うような嫉妬に醜く歪んだ顔ではなかった。瞳には、悲哀と苦痛がにじみ出ていた。自分を責め立てつつ、ヴァルターもひどく苦しんでいたのだと思う。

心が通じ合った今なら、どんな表情でヴァルターは自分を抱くだろう。

「お前がどんな表情になるのか見たい。その眼も、唇も、汗も……すべてを知りたいんだ」

リゼルは腕を伸ばし、ヴァルターに抱きついた。

「私も、同じよ。あなたの顔を見たい。あなたをもっと知りたいの」

また唇が重なり合う。リゼルは自分からヴァルターの唇を舐め、隙間に舌を差し入れた。舌が絡み合う。唾液の味が、四年前に初めてかわした口づけを思い起こさせる。

（熱い……）

体温は自分より低いのに、ヴァルターの舌は熱い。

自分から舌をからませていったはずなのに、いつのまにか主導権を奪われた。舌の根がちぎれそうなほど吸われて、痛い。けれどその痛みが気持ちいいし、直後にすっと舌を離して、口蓋を舐められると、気持ちよくてくすぐったくて、背筋がぞくぞくする。

「ん、ふ……ぅっ……」

唇が離れた。体のほてりに耐えかねてリゼルは喘いだ。その間にヴァルターは体をずらし、今度は胸元に顔を伏せてきた。

「あっ、ん!」

焦らすかのように避けていた胸の蕾を、いきなりくわえられ、歯を立てられた。

敏感な場所への強すぎる刺激がきっかけになり、これまでの愛撫で蓄積していた快感が、一気にリゼルを昂ぶらせる。甘噛みされて乳首は硬く尖り、秘裂の奥がじんわりと潤む。

気持ちよすぎて、どうしていいかわからない。

「やぁっ……そん、な……だめぇっ」

喘ぎ混じりの声は、自分で聞いても顔が熱くなるほど甘い。こんな口調で止めても、聞いてもらえるはずはない。

「だめ? 何が? 言ってみろ」

からかう口調で言われた。返事を待たずにヴァルターが再び、リゼルの乳首をくわえた。吸われ、舌でつつかれて、くすぐったいような、痺れるような快感が、胸の突起から全身へ広がっていく。

「はぁ、う……ん、んっ」

もう片方の乳房は、大きな手に包み込まれて弄ばれている。指の間に挟んでこねられ、こちらの乳首も簡単に勃ってしまった。

ヴァルターと触れている場所すべてで、感じてしまう。

(やだ、あふれちゃう……)

秘裂の奥からにじんだ蜜液が、今にもあふれ出しそうだ。恥ずかしくて、外へにじみ出さないように、ぎゅっと腿を閉じ合わせた。いや、ただ脚を合わせるよりも、クロスさせた方が、蜜が外へあふれ出さないだろうか。

「何をもじもじしているんだ」

リゼルの動きに気がついたのか、ヴァルターが身を起こす。リゼルに言い繕う暇を与えず、左右の膝をつかまえる。

「……っ‼」

驚愕と羞恥に、リゼルは音をたてて息を吸った。両脚を深く折り曲げられ、左右に開かされて、秘裂を隠すものは何もない。花弁の奥が蜜液で濡れていることに、ヴァルターは気づいただろうか。

「やぁ……見ないでぇ……」

恥ずかしさに両手で顔を覆ったら、笑いを含んだ声で「だめだ」と止められた。

「感じたお前がどんな表情をするのか、見せてくれる約束だろう」

「で、でも、こんな格好……恥ずかしい……」

「綺麗だ。品よく慎ましく閉じているのに、艶めかしい。和毛《にこげ》も淡くて品がいい。髪と同じハニーブロンドで……ほら、中も見せてくれ」

「きゃ！」

指で花弁を開かれる。視線が秘裂の奥をとらえたのを感じ、リゼルの体がまた一段と熱くほてった。けれど顔を隠すことはできない。固く目を閉じて横を向くのが精一杯だ。

けれども目を閉じたところで、遮断できるのは視覚だけにすぎない。見えない分、かえって肌にかかる吐息の熱さや、汗のにおいや、密着する肌の感触、内腿に食い込む指の力を、強く感じてしまう。

「ぁ、はぅ……っ」

広げられた花弁の間に、指先が食い込んだのを感じて、リゼルは喘いだ。浅い場所をそっと優しく往復してなぞる。決して深くは入れてこない。感じやすい蕾を、皮の上から軽く叩いて、すぐ離れる。

(どうして？　今までは、もっと荒々しかったのに)

物足りない。もっと深く指を埋め込んで、掻き回してほしい。蕾がかぶっている皮を剝いて、直接こね回してほしい。そうしたら、もっともっと気持ちよくなれる。

(……いやだ、私ったらはしたない……物足りないだなんて)

頭の隅でそうは思ったけれど、もどかしさがリゼルの羞恥心を押し流し、渇望が肌身を焼き尽くす。こらえきれずに唇から甘い喘ぎが漏れた。

「あぁんっ、ふ、ぅ……やぁん、もう……もう、だめ……お願、い……っ」

「何が『もうだめ』なんだ？　言ってみろ」

愛撫は、焦らすかのようにソフトなのに、言葉での責めは以前と変わらず意地悪だ。もっと激しくして、などと言えるわけもなく、リゼルは必死に首を横に振った。

「言え。……だめじゃないだろう、こうしてほしいんだろう？」

「あひぃっ！」

不意打ちで指を突き入れられ、一際高い悲鳴がこぼれる。けれど痛くはない。これから、この場所を責められて生じるはずの快感に、胸がどきどきした。

「気持ちいいんだな？　ほら、こんなに潤んでいる」

ヴァルターが光る指をリゼルの顔の前に突きつけてきた。自分の蜜液がヴァルターの指を濡らしていると思うと、恥ずかしいのに昂ぶってしまって、ますます蜜があふれ出した。

そのリゼルに見せつけるように、ヴァルターは舌を覗かせ、指にまとわりついた蜜を舐めた。

「やだ、そんな……」

リゼルは羞恥に身悶えた。

自分がにじませた液をヴァルターが舐めている――なぜかわからないが、胸や秘所を見られて触られるよりも、この行為の方がずっと恥ずかしい。ヴァルターはもう一度手を下半身にやり、リゼルの顔の前に差し出して唇に塗りつけた。

「これは俺の味だ。舐めてみろ」

「あ……」

ヴァルターの下腹に目を向けると、そそり立った牡が見えた。先端がてらてら光っているのは、にじんだ先走りのせいだろうか。リゼルは唇を開いて舌を突き出し、指先に乗った液を舐めた。

反射的に体がわななき、顔が歪んだ。ヴァルターが面白そうに笑う。

「苦いか？」

「ん……でも、平気」

苦いけれど、ヴァルターがにじませた液だと思えば愛おしい。本気でそう思ったのだが、

「無理をするな。……こっちの口なら、苦くはないだろう」

小さく笑い、ヴァルターはリゼルの腿を押さえた。腰を前に進めてくる。牡の先端が、秘裂にあてがわれた。

「……っ……」

リゼルの体が震えた。

向かい合って抱かれるのが初めてとはいえ、ヴァルターの牡は今までに何度も見ている。口で奉仕したこともある。なのに今日は、初めて肌を合わせるかのような緊張感がある。それでいて、体は充分すぎるほど熱く昂ぶり、潤んでいた。

「力を抜いて。息を止めるんじゃない」

リゼルに注意しておいて、ヴァルターが腰を沈めてきた。ぐっ、と先端がめり込んだ。

「あ、ぁああ！　待って……きつ、い……!!」

今まで何度も受け入れた牡なのに、体位が変わったせいか、圧迫感が強い。

「……苦しいのか、やめるか？」

ヴァルターの声が心配そうな響きを帯びた。動きが止まる。

今までは、こんなふうに尋ねてくれることはなかった。自分がひどく苦しがった時には、侵入が止まった気がするから、密かに気遣ってくれてはいたのだろう。けれど今こうしてはっきりと言葉にして尋ねられると、ヴァルターの優しさが心に深く染みいる。これが愛し合うということだろうか。

「大丈、夫……続けて。少し、きつかっただけなの。もう平気。大丈夫よ。私、もっと深く、あなたと……」

一つになりたい——その想いを瞳に込めて見上げた。

「つらかったら、いつでも言うんだぞ」

青灰色の瞳に気遣いをにじませて言い、ヴァルターが再び腰を沈めてくる。

リゼルは大きく息を吐き、体の力を抜いた。できるだけ深く、彼を受け入れたかった。

その気持ちが通じたのかも知れない。ヴァルターは、リゼルが苦しげに喘ぐたび侵入を止めて、息が整うのを待ってから、また突き入れるという、いたわりに満ちたやり方で、たっぷりと時間をかけて、リゼルを貫いた。

肌が重なり、恥骨が当たる。

「あ、ぁ……」

自分の中が、ヴァルターで満たされている。圧迫感は強いが、それがかえって、一つになっている証《あかし》のようで、嬉しかった。

ヴァルターが軽く眉根を寄せ、息を吐く。

「そんなに締め付けるな、リゼル。……よすぎる」

「やだっ、そんな……!!」

そんなつもりはないし、締め付けている自覚もない。うろたえてじたばたしたら、ヴァルターが苦笑した。

「危ないから暴れるな。……ゆっくり、動かすぞ」

「ひぁっ!? あ、ぁあんっ!」

リゼルは悲鳴をあげた。

自分を貫く牡の動きは、決して荒々しくはない。むしろ小刻みでゆるやかだ。けれど感じやすい浅い場所を繰り返しこすられると、深い場所を突かれた時とはまた違う快感が腰を痺れさせる。さらに、向かい合って抱かれることで、リゼルは思いがけない甘美な感覚を味わっていた。ヴァルターの逞しい体が――ごわごわした陰毛や硬い恥骨が、感じやすい蕾をこすったり押したりするのだ。耐えきれるわけがない。

とめどなく蜜が湧き出すのを感じる。

「あ、ぁううっ！　いいっ、すごく、いいっ……はぅ!!」

髪を振り乱し、顎をそらしてリゼルは喘いだ。ぐちゅ、ぬちゅ、と濡れた淫らな音が鳴る。混じって聞こえる激しい息遣いは、自分のものか、ヴァルターのものか。心地よくてたまらない。

いつしかリゼルは、両腕をヴァルターの背に回してすがりつき、突き上げに合わせて腰

を使っていた。

「あ、ぁ……溶けそうっ……こ、こんなの、って……!!」

自分の内側が、牡の形に変えられていく。快感が小爆発を起こしながら、全身を駆け巡る。血液は熱くたぎり、神経は焼けついた。

「リゼル……好きだ、リゼル……!! 愛して、いる……っ！」

かすれた声が、鼓膜を震わせた。その響きが心地よい。声も、指も、舌も——すべてが、快感を呼び起こす。体だけでなく、心が陶酔している。

きっと、ヴァルターを愛していることを自覚し、愛されていることを知ったせいだ。ヴァルターと自分の心を隔てていた誤解が消え失せたことが、リゼルの体をより一層感じやすくしている。

気持ちよすぎて、涙が止まらない。

ヴァルターの背に回した手に力がこもった。ヴァルターが「つっ」と呻いて顔を歪めたのが見えた。爪を立ててしまったのかも知れない。申し訳ないと思いつつ、興奮する。

今の少し歪んだ表情もまた、ヴァルターが自分を抱く時の顔なのだ。背後から責められていては、見ることができない。

「好きよ、私も好き……っ、ヴァルター様、ぁ……!!」

「リゼ、ル……っ！」

ヴァルターの動きが激しさを増した。浅く、深く、責められる。

「あ、あ、あぁ……‼」

身をよじってリゼルは泣きじゃくった。こんなに深く激しく、感じたことはない。こすられる秘裂の蕾も、逞しい胸板に押しつぶされる乳房も――あらゆる場所が熱く昂ぶっている。

「だめぇっ……あ、あうぅ……っ‼」

「……ううっ！」

低い呻き声とともに、ヴァルターが思いきり突き入れてきた。大量の液体が、リゼルの中に注ぎ込まれる。

（熱、い……）

粘膜が焼けつくかと思うほどの熱さと、液の粘りを受け止めて、蜜壺が快感に震える。

荒い息を吐いて、ヴァルターが覆いかぶさってきた。

汗に濡れた素肌が、隙間なく密着した。牡はまだ、リゼルの中でびくびくとわなないている。気持ちよくてたまらない。ぬらつく感触も、汗のにおいも、逞しいヴァルターの体の重みさえもが、今のリゼルには快感になった。

気が遠くなる。このまま快感に浸って眠りたい――そう思った。しかし、

「リゼル……リゼル」

繰り返し名を呼んで、ヴァルターがリゼルの腰を抱え直す。蜜壺の中の牡は、逞しさを失っていない。それが再び、動き始める。

「あっ、ぁあ、んっ！　だめぇ、今、そんなっ……ぁ、はぅ！」

絶頂へ追い上げられたばかりで感度の上がった体には、刺激が強すぎる。リゼルは身をくねらせてよがり泣いた。けれどヴァルターはやめてくれない。

「まだだ。まだ足りない……もっとお前が、ほしいんだ」

熱っぽい声で囁かれたら、拒めるわけがない。そしてリゼル自身も、もっともっとヴァルターに愛されたかった。

「私、も……」

愛してる――という言葉は、声になったかどうか、自分でもわからない。リゼルは両手両足を使ってヴァルターにすがりついた。

エピローグ

それから何度、絶頂に追い上げられただろうか。

途中から声はかすれ、目はかすみ、それでもヴァルターと肌を合わせていたくて、必死にすがりついていた。ようやく行為が終わったあと、汗みずくになった自分の体を、ヴァルターが優しく拭い、口移しで水を飲ませてくれたのを、かすかに覚えている。

気づけば、夜が明けていた。

自分はヴァルターの腕に頭を載せ、寄り添って眠っていたらしい。ヴァルターは先に目を覚ましていたようだ。

「ごめんなさい、腕が疲れたでしょう？　起こしてくれればよかったのに」

「寝顔を見ていたかった。目を覚ましている時のお前は美しいし、眠っていると可愛い。そして、どちらの時でも愛おしくてたまらない」

微笑してヴァルターはリゼルの頬を撫でた。リゼルはその手をつかまえ、「好きよ」と答えて、指に軽く歯を立てた。そのあとはどちらからともなく、じゃれ合うように頬ずりをしたり、キスを交わしたり、髪を指でくしけずったりした。キスの雨をくすぐったがって逃げると、覆いかぶさるようにつかまえられて、またキスをされる。

しばらく戯《たわむ》れたあと、ベッドの上に座ったヴァルターがリゼルの手を取り、改めて口づけをした。

「結婚してくれ、リゼル。俺の妻になってほしい」

「ヴァルター様……」

「出会った時から今までずっと、お前だけだった。忘れられなくて、だからこそ、憎まずにいられなかったんだ。だが今は、素直に言える。……愛しているんだ、リゼル」

「私、貴族じゃないのに……」

「今の俺は、伯爵家の息子だった頃とは違う。公爵位と領地は、戦功への褒賞として国王陛下が俺個人にくださったものだ。親や親族の意向などどうでもいい。お前の身分がどうだろうと、正式な妻にできる」

「だけど、ヴァルター様の結婚相手は国王陛下がお決めになるんでしょう？　クロティルデ家の未亡人のことは私の勘違いだったけれど、ヴァルター様は陛下のお気に入りだから、きっと家柄も容姿も整った、非の打ち所のない令嬢をお選びになるわ」

「大丈夫だ。お前が相手なら、陛下は許してくださる。……この館にいらした時、お前を愛人にしたいと仰《おっしゃ》ったが、あの言葉も、あとで俺をからかって面白がるための嘘だったくらいだ」

ヴァルターが国王に四年前の出来事を白状した時、王は嘲《あざけ》りや蔑《さげず》みの気配は一切見せず、

ただただ明るく笑い飛ばした。そのうえで、

『式の当日、花嫁に逃げられるという華々しい経験をした以上、今後も劇的にやってもらわねば面白くない。普通に、誰かの口利きで結婚するなど、この私が許さんぞ。吟遊詩人が泣いて喜ぶような派手な展開にしろ。でないと話の落ちがつまらなくなる』

　そう真顔で命じてきたのだという。

　当時のヴァルターは王に向かい、自分は決して結婚などしないと言ったのだが、先のことなどわかるものかと一蹴《いっしゅう》された。そして先日、ヴァルターの館を訪れてリゼルをじかに見た国王は、内通者討伐の旅の間中、『焼け木杭《ぼっくい》に火か』、『元鞘《もとさや》か、元鞘だな、元鞘だろう』と何度もわくわく顔で問いかけてきた。

「明らかに陛下は面白がっていらしたな。皆が止めてくれたのに、ことあるごとに俺をからかおうとなさって……まったく、ひどい目に遭った」

　討伐に出かけた時のことを思い出したらしく、ヴァルターは困惑顔で額を押さえ、大きな溜息をついた。そのあと真顔に戻ってリゼルを見つめる。

「あの時は、汚れた女などと言って悪かった。……陛下にお前を奪われたくなくて、必死だった。すまない」

「いいえ……いいえ」

　真摯に詫びてもらって、あの時感じた惨めさが淡雪のように消えていく。あとに残ったのは、『真面目なヴァルターが嘘をついてまで、自分を引き留めようとしていた』ことへ

の嬉しさだ。気づかなかっただけで、自分はずっとヴァルターに愛されていた。

「お前との結婚なら、陛下は絶対に許可してくださる。失踪した花嫁と巡り会い、誤解が解けて結婚するのだから充分に劇的だと、満足なさるだろう。たとえ陛下が許可をくださらなくても構わない。許しをくださるよう説得してみせる。……俺はお前を妻にしたい」

「ありがとう。……嬉しいわ」

深い青灰色の瞳に見つめられると、胸の奥から喜びがあふれて、全身を熱くほてらせる。けれど同時に、ためらいを覚えずにはいられない。

「だけど本当に、いいのかしら。私は四年前にあなたを騙して、ひどい目に遭わせてしまったのよ。生きて帰ってきてくれたから、こうして再会できたけれど、もし戦死していたなら、償うすべはなかったわ。それなのに結婚なんて……許されることなの？　なんだか怖い」

ヴァルターが許してくれても、運命や神とでもいうべきものが、自分を許さないのではないか。自分と一緒にいれば、天の罰がヴァルターにまで降りかかるのではないか——そんな不安が心にまといつく。

だがヴァルターは力強い口調で、リゼルの不安を払いのけた。

「許されないことなら、お前が子供を身ごもることなどなかったとは思わないか？」

そうだったと思い返し、リゼルは自分の腹部に手を当てた。自分の中には、ヴァルターとの愛の証が宿っている。そう思うだけで心がほぐれて温かくなる。

「私とあなたの、赤ちゃん……そうよね、この子がいるんだわ」

「お前をここへ連れてきたすぐの頃、俺は『はらめ』、『俺の子を生め』と言った。今思えば、あれは支配欲だった。妊娠すればお前はもう、俺の元を離れていかないだろうと感じていたんだ。だが実際に赤子ができたら、お前を支配したい、俺に縛り付けたいなどという気持ちは消えてしまった。……ただただ、愛おしい。お前も、子供も」

しっかりと視線を合わせ、リゼルの髪を優しく撫でて、ヴァルターは言い切った。

「何も怖がることはない。俺が守る。これからどんなことがあろうと俺は、お前と、お前の中にいる子供を守り抜いてみせる」

頼もしさに心が震える。リゼルは広い胸にすがりついた。

「嬉しい。本当に嬉しい、夢みたい……幸せよ」

「四年前にできなかった結婚式を、もう一度やり直そう。教会を花で飾って、お前は白いドレスをまとうんだ。俺はお前の指に指輪をはめて、誓いのキスをする。……いや、やり直しではないな。そうじゃない。新しく始めるんだ」

ヴァルターの言うとおりだ。もう自分達を隔てるものは何もない。これから新しい二人の暮らしが始まる。リゼルは微笑んで、ヴァルターを見上げた。

「……愛してる」

囁く声は、どちらの唇からこぼれたのだろうか。二人は抱き合い、深く熱い口づけをかわした。

あとがき

こんにちは、矢城米花《やしろよねか》です。今まで他社で何冊かＴＬを書いていますが、ヴァニラ文庫では初めてお仕事をさせていただきました。

今回の大きなテーマは『すれ違い』です。小さなテーマは『真面目で優しい奴ほど、本気で怒った時には怖いよね。しかもブレーキが利《き》かなくなるよね』、『でもやっぱり、ヘタレな面は消えないよね』です。

この話の脇キャラの中で、特に気に入っているのは女好きの国王です。『遊び好きなのに有能』という設定が、心をくすぐるんですよね。しかしこの王は女性に対する度量が広すぎて、ＴＬの主人公向きではない気がします。

「あの美女、気に入った。後宮へ入れろ。……何、いやがっている？　それなら仕方がない。無理強いするな。なあに、女は星の数ほどいるのだ」

「後宮の誰々が庭師と浮気しただと？　こらこら、投獄などするな。構ってやらなかった私が原因を作ったようなものだ。持参金付きで庭師に嫁がせてもいいし、反省するなら後宮に残ってもいい。好きな方を選ばせてやれ」

「後宮でいじめだと？　ふむ……よし、全員を呼べ。愛情に差があると感じるから、妬《ねた》み嫉《そね》みでいじめが起きるのだ。同時に、平等に可愛がってやればよかろう」

やっぱりだめだ……王が主人公では、話が始まりません。トラブルが起こりません。愛を振りまく範囲が広すぎます。

私が考えるTLのヒーローは、ただ一人の女性を深く激しく愛し、そのためにさまざまなエピソードを生み出すタイプ――つまり、ヴァルターです。

そしてヒロインも、たおやかながらも守られるばかりではなく、窮地にはヒーローとともに戦っていただきたいですね。武器を持つ力がなければ、頭脳で勝負。か弱くとも、気力だけはしっかりと。……はい、リゼルです。

楽しんでいただければ嬉しいです。

KRN《カレン》先生、愛らしいリゼルと格好いいヴァルターのイラストをありがとうございました。女好きの国王の表情も好きです。完成イラストが本当に楽しみです。

そして担当I様や刊行に際してご尽力いただいた皆様に、深くお礼申し上げます。

何よりもこの本を読んでくださった貴方《あなた》に、心からの感謝を送ります。またお会いできることを、心から願っています。

矢城米花　拝

愛囚

～公爵の傷、花嫁の嘘～

Vanilla文庫

2015年12月3日　第1刷発行　定価はカバーに表示してあります

著　者　矢城米花　© YONEKA YASHIRO 2015
装　画　KRN
発行人　立山昭彦
発行所　株式会社ハーパーコリンズ・ジャパン
東京都千代田区外神田3-16-8
電話　03-5295-8091（営業）
0570-008091（読者サービス係）
印刷・製本　大日本印刷株式会社

Printed in Japan ©K.K. HarperCollins Japan 2015　ISBN978-4-596-74494-4

Vanilla《ヴァニラ》文庫の約束

❤1 すべての女性をヒロインに

〜様々なタイプの女性が主人公として登場します。きっと貴女もヒロインになれるはず♥

❤2 絶対ハッピーエンド主義

〜ヴァニラ文庫は、すべてハッピーエンド。匂い立つヴァニラのように芳しい、セクシーで幸せな世界へ貴女をおつれすることを約束します。

ドルチェな快感♥
とろける乙女ノベル

原稿大募集

ヴァニラ文庫では乙女のための官能ロマンス小説を募集しております。
優秀な作品は当社より文庫として刊行いたします。
また、将来性のある方には編集者が担当につき、個別に指導いたします。

◆募集作品

男女の性描写のあるオリジナルロマンス小説（二次創作は不可）。
商業未発表であれば、同人誌・Web 上で発表済みの作品でも応募可能です。

◆応募資格

年齢性別プロアマ問いません。

◆応募要項

・パソコンもしくはワープロ機器を使用した原稿に限ります。
・原稿は A4 判の用紙を横にして、縦書きで 40 字 ×34 行で 110 枚 ~130 枚。
・用紙の 1 枚目に以下の項目を記入してください。
①作品名（ふりがな）/②作家名（ふりがな）/③本名（ふりがな）/
④年齢職業 /⑤連絡先（郵便番号・住所・電話番号）/⑥メールアドレス /
⑦略歴（他紙応募歴等）/⑧サイト URL（なければ省略）
・用紙の 2 枚目に 800 字程度のあらすじを付けてください。
・プリントアウトした作品原稿には必ず通し番号を入れ、右上をクリップなどで綴じてください。

注意事項
・お送りいただいた原稿は返却いたしません。あらかじめご了承ください。
・応募方法は必ず印刷されたものをお送りください。CD-R などのデータのみの応募はお断りいたします。
・採用された方のみ担当者よりご連絡いたします。選考経過・審査結果についてのお問い合わせには応じられませんのでご了承ください。

◆応募先

〒101-0021　東京都千代田区外神田 3-16-8　秋葉原三和東洋ビル
株式会社ハーパーコリンズ・ジャパン
「ヴァニラ文庫作品募集」係